빌런 경찰 이진우 3

2023년 10월 5일 초판 1쇄 인쇄
2023년 10월 11일 초판 1쇄 발행

지은이 이해날
발행인 강준규

기획 이기헌 왕소현 임동관 박경무 강민구 조익현
책임편집 최전경
마케팅지원 이원선

발행처 (주)로크미디어
출판등록 2003년 3월 24일
주소 서울시 마포구 마포대로 45 일진빌딩 6층
Tel (02)3273-5135 Fax (02)3273-5134
홈페이지 rokmedia.com E-mail rokmedia@empas.com

빌런
경찰 이진우

③ 이해날 현대 판타지 장편소설

ROK
MEDIA
로크미디어

이 소설에 등장하는 인물, 단체, 사건 등 모든 것은
실제와 아무런 관련이 없습니다.

CONTENTS

Chapter 1   7

Chapter 2   71

Chapter 3   139

Chapter 4   207

Chapter 5   271

하지만 원래의 이진우가 어떤 놈이었는지, 어떤 목적을 갖고 페이퍼컴퍼니를 만들었는지, 알 수 있는 방법은 없었다.

그리고 지금은 고민을 할 때가 아니라 해야 할 일이 있었다.

진우가 한숨을 내뱉으며 휴대폰을 귀에 댔다.

전화가 향하는 곳은 오명훈이었다.

"계좌 하나 메시지로 보내 놓을게요. 안전한 것인지 확인 부탁드려요."

－계좌?

"차명으로 만들어진 페이퍼컴퍼니의 계좌고요. 자금을 세탁할 방법이 될 것 같아요."

진우는 통화를 종료한 후, 오명훈에게 페이퍼컴퍼니의 계좌를 보냈다.

그리고 다시 원래의 이진우가 작성한 노트를 바라봤다.

'대체……'

진우는 고개를 저었다.

앞서 생각한 것처럼, 고민을 해 봤자 답은 나오지 않는다.

진우는 노트를 던져 놓고 다시 짐을 정리했다.

그리고 다음 날이었다.

진우의 집은 이사를 시작했다.

짐이 얼마 없어서 그런지 이사는 금방이었다.

새로 이사한 집에서 현지는 말 그대로 방방 뛰었다.

영화 속 주인공처럼 양팔을 벌리고 침대에 벌러덩 눕기까지 했다.

그 모습을 지켜보던 진우가 물었다.

"좋아?"

"좋아!"

"기분 좋은 김에 오빠가 노트북도 새로 사 줄게."

현지가 침대에서 후다닥 일어났다.

"정말?!"

"정말이니까, 대학 가서도 공부 열심히 해라."

"오빠 최고!"

"태블릿 PC도 사 줄게."

"꺄악!"

기뻐하는 현지를 보던 진우는 순간 백동하였을 때를 떠올렸다.

수조원에서 수백억의 회사를 물려줘도 모자라다며 징징대던 백윤성과 백철영 그리고 백서연.

그에 반해, 노트북과 태블릿 PC만 사 줘도 기뻐서 어쩔 줄을 몰라 하는 현지.

이런 기분은 백동하였을 때는 느껴 보지 못했던 거다.

그때, 오명훈에게서 전화가 걸려 왔다.

-깨끗해~.

"네?"

-네가 어제 준 페이퍼컴퍼니가 완벽하다고. 앞으로는 이쪽으로 자금 집어넣고 세탁하면 될 것 같아.

"아, 네."

-그럼, 수고~.

통화가 종료됐다.

진우가 헛웃음을 지었다.

'완벽하다?'

아무리 생각해도 고등학생이 할 짓은 아니었다.

그렇게 다시 하루가 흘렀다.

진우는 출근을 했고 순찰을 돌고 있었다.

운전을 하던 진우가 힐끗 김재혁 경사를 보며 물었다.

"질문이 있습니다."

"하지 마라~."

"기억상실 전의 저는 어떤 사람이었어요?"

"응? 갑자기?"

김재혁 경사가 고개를 갸웃거리며 진우를 바라봤다.

진지한 진우의 표정을 보더니 생각에 빠졌다.

그리고 기억을 더듬으며 천천히 입을 열었다.

"어설프기는 한데, 잘 웃고 말도 잘 듣던 놈이라 오성민 팀장님이 좋아했지."

잘 웃던 놈이라……. 현지에게 들은 것과는 다르다.

현지는 당시의 진우를 항상 우울한 놈으로 기억하고 있었다.

집과 파출소에서의 모습이 달랐다는 거다.

뭐, 그건 그럴 수 있다고 생각하며 다시 물었다.

"경사님은 저를 어떻게 생각했어요?"

"글쎄……. 속을 알 수 없는 놈이라 싫어하지는 않았지만 좋아하지도 않았어."

"속을 알 수 없었다?"

김재혁 경사가 고개를 끄덕였다.

"그런 애들 있잖아. 앞에서는 웃고 있는데 뭔가 꺼림칙한 놈들. 항상 다크서클이 진 것처럼 그늘로 가득한 놈. 난 너를 그렇게 봤거든."

"지금은요?"

"앞에서 웃고 있으면 때리고 싶은 놈?"

시원한 답은 아니었다.

하지만 더 묻기는 어려웠다.

김재혁 경사의 잔소리가 시작됐기 때문이다.

"그런데, 네가 지금 그런 것을 묻고 있을 때냐? 승진시험 준비 안 해?! 계속 순경으로 있을 거야?!"

승진시험이 코앞으로 다가왔다.

시험은 내년 1월.

지금은 12월.

평소에도 조금씩 공부를 했지만 이제는 본격적인 준비를 해야 한다.

하지만 일방적으로 잔소리를 듣고 싶지는 않았다.

"경사님은 시험 안 보시나요? 경위 다셔야죠? 언제까지 경사로 계실 거예요? 다른 동기들은 다 경위라고 들었는데, 왜 경사님만 경사예요?"

"이 새끼가……. 아픈 곳을 찌르네?"

"저랑 같은 계급이 되기 전에 공부하세요."

"야…… 너는 이번에 승진해도 경장이야! 경장!"

"경장 다음은 경사죠. 얼마 안 남았습니다~."

김재혁 경사가 황당한 눈으로 진우를 바라봤다.

"그래서, 나랑 맞먹겠다?"

"할 수 있다면요."

"와…… 건방진 새끼……. 키워 줬더니 잡아먹으려고 해?"

"아이고~ 혼자 컸습니다."

그렇게 진우는 본격적으로 승진시험에 대한 공부를 시작했다.

경찰 공부를 해 본 적이 없었기에 이론에는 약할 수밖에 없었다.

그런데 찾아보니 경찰 승진시험을 위한 인터넷 강의가 있었고, 진우는 그것을 결제해서 강의를 듣기 시작했다.

거기다 원래의 이진우가 요점정리를 해 둔 노트도 있었다.

진우는 그걸 들고 다니며 시간만 나면 암기했다.

출퇴근할 때도 외웠고 밥을 먹을 때도 외웠다.

'역시 젊음이 좋긴 좋아.'

백동하였을 때는 나이 때문인지 뭔가를 암기하는 게 어려웠다.

하지만 이십대 청춘은 다르다.

머리의 회전 속도가 느껴질 정도로 빠르게 외울 수 있었다.

시간이 흘렀다.

새해가 되었고 프라이빗한 술집에 서안시의 권력자라 불

리는 사람들이 모여 있었다.

신년 모임이란 이유로 각 국회의원과 판사, 검찰의 지청장 등이 모인 거다.

그리고 그곳에 장지훈 의원과 경찰서장 그리고 시장도 보였다.

물주를 자청하고 나선 시의원이 술잔을 들고 큰 소리로 외쳤다.

"이번에 있을 총선도 대한당의 압승을 기원합니다!"

분위기는 시끌벅적했고 사람들은 골프 약속을 잡으며 낄낄거렸다.

그리고 그 구석의 자리.

경찰서장이 시장과 장지훈 의원의 잔을 채우며 입을 열었다.

"내일 경찰 진급 합격자 발표가 나는데, 이진우의 이름이 진급자 명단에 있어요."

장지훈 의원이 멈칫거렸고 시장이 눈을 가늘게 떴다.

"……이진우?"

"네. 아시죠?"

잘 안다.

이진우가 날뛰기 시작하면서 서안시가 몇 번이나 난처했는지 모른다.

시장이 담배를 입에 물며 경찰서장을 바라봤다.

"그놈이 진급을 한다?"

"보통 3년은 걸리는데, 그놈이 사건도 많이 해결했고 이번 시험도 꽤 잘 봤거든요."

장지훈 의원이 힐끗 시장의 표정을 살폈다.

시장이 어떤 말을 할지 뻔히 보였다.

떨어뜨릴 수 없겠냐는 말을 할 게 분명하다.

하지만 장지훈 의원은 진우에게 빚이 있다.

진우가 재건축 사건을 가져오지 않았다면, 장지훈 의원은 다음 총선의 공천을 못 받았을 수도 있었다.

장지훈 의원이 술잔을 들며 속삭이듯 입을 열었다.

"시장님, 왜 파출소 순경을 신경 쓰세요?"

"……네?"

"시장님의 급과 안 맞습니다. 순경이에요. 그것도 파출소 순경. 괜히 말 잘못했다가 서안시 시장이 경찰 진급 문제에 관여했다 어쨌다 나오면 그게 무슨 망신입니까?"

"아니, 여기서 한 말을 누가 듣는다고……."

"여기 종업원은 귀가 없습니까?"

시장이 주변을 둘러보며 어색하게 웃었다.

"아니, 내가 언제 경찰 진급에 관여를 했다고……."

장지훈 의원이 경찰서장을 보며 타박하듯 말했다.

"순경 일을 왜 시장님 앞에서 꺼내고 있어? 시험 잘 봤다며? 그럼 진급하는 게 당연한 거잖아. 규정대로 해. 규정대로."

"알겠습니다. 그렇게 하겠습니다."

경찰서장이 잔을 들며 대답했다.

그런데, 술을 마시는 경찰서장의 입가에는 미소가 걸려 있었다.

그렇게 진우는 순경에서 경장으로 진급을 했다.

그런데 곡언 파출소에는 또 한 명의 진급자가 있었다.

다름 아닌 박 순경이었다.

즉, 두 사람이 순경에서 경장으로 1계급 진급한 것이다.

하지만 김재혁 경사는 떨어졌다.

그래서 진우와 박 순경이 진급 턱을 샀을 때도 다른 경찰들은 즐겁게 술을 마셨지만, 김재혁 경사만은 아니었다.

우울하게 술만 처마셨다.

"또 떨어졌어……. 그런데 이진우 저 새끼가 다음 시험도 한 번에 붙으면 어쩌지? 그럼 나랑 계급이 똑같아지잖아. 그럼 진짜 엿같은 일이 벌어지는 거 아냐?!"

그러거나 말거나, 진우의 집은 축제 분위기였다.

진우의 승진은 물론이고 현지 역시 최고의 학교라 불리는 한국 대학교에 합격했기 때문이다.

어머니는 기분 좋게 치킨을 샀고 세 가족은 기쁨을 함께했다.

그리고 서안시 중심가에 있는 건물 앞이었다.

그곳에 진우가 서 있었다.

손목을 틀어 시간을 확인하는데, 익숙한 목소리가 들렸다.

"여기."

장지훈 의원의 보좌관 박우현이었다.

진우가 이곳에 온 이유는 박우현의 연락을 받았기 때문이다.

박우현이 진우의 앞으로 다가오며 빙긋이 미소를 그렸다.

"진급하더니, 신수가 훤해진 것 같아."

"감사합니다. 그런데 무슨 일이시죠?"

"아…… 진급했잖아. 의원님께서 축하주를 산다고 하셔서."

진우는 박우현과 함께 건물의 4층에 있는 한정식집으로 들어갔다.

그리고 VIP룸으로 향했다.

기다리고 있던 장지훈 의원이 자리에서 일어나 큰 목소리로 말했다.

"자세한 얘기는 할 수 없지만 자네 진급에 내가 힘 좀 썼어!"

"감사합니다."

"오늘은 벨트 풀고 취할 때까지 마셔 보자고."

주거니 받거니, 술이 오갔다.

그러면서 장지훈 의원은 진우를 바라봤다.

사실 장지훈 의원의 레벨이 일개 순경이 경장으로 진급했다고 축하해 줄 필요까지는 없다.

하지만 장지훈 의원은 진우에게 묘한 기대를 품고 있었다.

'이놈은 앞으로도 필요할 것 같아.'

장지훈 의원은 여전히 진우에 대해 파악하지 못한 상태였다.

하지만 재건축 비리를 가져온 것을 보면 앞으로도 뭔가가 있을 것 같았다.

진우가 비록 말단이었지만 언젠가 또 다른 도움을 받을 수 있을 것 같다는 생각이 들었다.

그때 진우가 장지훈 의원의 잔에 술을 채우며 입을 열었다.

"의원님도 미리 축하드립니다."

"축하? 뭘?"

"다음 선거에서도 당선은 확실한 거 아니었나요?"

다가오는 4월의 총선에서도 장지훈 의원은 이 지역구의 후보자로 나오게 됐다.

그런데 상대 민국당의 후보가 시원찮다.

인지도는 물론이고 내세울 것도 없다.

그에 비해 장지훈 의원은 재건축의 비리를 폭로하며 지역을 위한 일꾼의 이미지를 얻었다.

그래서 이번 총선에서 장지훈 의원은 손쉽게 당선될 거란 의견이 지배적이었다.

"자네 덕이야, 자네 덕! 하하하!"

장지훈 의원이 크게 웃으며 술을 마셨다.

그런데 진우가 그 모습을 빤히 바라보고 있었다.

그 눈빛은 싸늘했다.

'많이 웃고 많이 기뻐해라.'

장지훈 의원은 악인이다.

진우가 자신의 비리를 알고 있다는 이유만으로 보좌관 박우현을 시켜서 진우를 테러하려 했었다.

수단과 방법을 가리지 않고 성공에 매달리는 소시오패스인 거다.

그래서 진우는 장지훈 의원을 선택했다.

이런 악인이 필요했기 때문이다.

아직은 비주류 정치인이라 힘이 없지만, 진우가 도움을 주면 쑥쑥 성장할 거다.

그때까지 놈의 비리를 차곡차곡 쌓아 두면, 개처럼 부릴 수 있을 게 분명하다.

'계속 성장해라. 높이 올라가라. 그리고 나한테 도움이 되어라.'

진우가 그 생각을 숨긴 채, 다시 장지훈 의원의 잔을 채웠다.

진우의 입가에 담겼던 싸늘한 미소는 어느새 사라진 상태였다.

"선거에서 꼭 의원님을 뽑겠습니다."

"그래야지. 우리는 함께 가는 거야. 하하하."

그때였다.

진우의 머릿속에 능력이 펼쳐졌다.

미래가 보이기 시작한 거다.

어느 호프집.

그곳에 뜬금없이 오명훈이 보였다.

그런데, 오명훈의 표정이 좋지 않다.

심각한 일이 있는 것 같다.

그리고 오명훈의 입에서 그 이유가 흘렀다.

오명훈이 진우의 잔을 채우며 입을 연 거다.

"이건 백동하 회장이 나서도 불가능해. 장지훈 의원은 당선
될 수 없어. 끝이야."

능력은 그것으로 끝났다.

진우가 멍하니 장지훈 의원을 바라봤다.

장지훈 의원은 다가올 미래를 모른 채, 껄껄 웃고 있었다.

하지만 진우는 웃을 수 없었다.

'……당선될 수 없다고?'

장지훈 의원은 당선되어야만 한다.

진우의 계획에 이 정도로 걸맞은 정치인을 찾기란 쉽지 않다.

잠시 후, 진우는 한정식집에서 나와 장지훈 의원과 헤어졌다.

술을 많이 마셨지만 취하지는 않았다.

방금 능력을 통해 본 것, 장지훈 의원이 이번 선거에서 떨
어질 수도 있다는 게 머릿속에 강력하게 박혔기 때문이다.

진우는 곧바로 흥신소 사장 황강식에게 전화를 걸었다.

-아이고~ 고객님. 이 시간에 어쩐 일이야?

"부탁할 게 있어서요."

-돈만 준다면야, 언제나 오케이지.

"서안시 장지훈 의원과 민국당의 상대 후보, 그 주변 모두를 확인했으면 좋겠어요."

-……정치인?

"네."

-정치인은 깡패보다 더 위험한 거 알지? 가격이 올라가는 소리가 막 들리지 않아?

"가격은 상관없고요."

-가격 상관없이 탈탈 털어 달라? 이유는 또 안 가르쳐 줄 거지?

"네."

지금 상황만 보면, 장지훈 의원은 압도적으로 당선되어야 한다.

그런데도 떨어질 수도 있다는 것은 어떤 스캔들이 발목을 잡을 가능성이 있다는 뜻이다.

진우는 그렇게 생각하며 황강식에게 연락한 거다.

-3천에 3주.

"2주."

-고객님아…… 상대는 정치인이야. 진짜 빠듯하게 움직

여도 3주야. 돈 더 준다고 해도 안 돼.

"알았어요. 그렇게 해 주세요."

—오케이~.

황강식의 연락을 기다리며 진우는 계속해서 경찰 생활을 이어 갔다.

경장이 되었다고 달라지는 것은 없었다.

출퇴근 시간에 맞춰 막히는 도로를 찾아 교통정리를 했다.

빵빵거리는 클랙슨 소리를 들으며 차량을 통제했고, 도둑맞은 자전거를 찾아 줬으며, 무면허로 오토바이를 타는 중학생을 잡기도 했다.

그리고 언제나처럼 취객들에게 시달렸다.

그렇게 정확히 3주 후, 진우는 황강식의 연락을 받았다.

—고객님, 내용이 꽤 많아서 메일로 보내기는 좀 그렇고 오랜만에 얼굴이나 볼까?

"내일 비번이니까, 제가 그쪽으로 갈게요."

—고객님이 직접 와 주시면 고맙지. 내가 탕수육 살게. 여기 탕수육이 죽이는 곳이 있어. 흐흐.

그렇게 다음 날.

진우는 황강식의 사무실이 있는 곳 근처의 중국집을 찾았다.

황강식이 진우의 앞에 서류를 툭 내려 두며 입을 열었다.

"고객님, 혹시 장지훈을 지지해? 혹시 그 사람을 지지하고 있으면 접어. 장지훈의 집안에 재밌는 일이 생길 거야."

진우가 서둘러 서류를 펼쳤다.

가장 첫 장에 사진이 있었다.

오십대 중후반의 여성이 쫙 빼입은 삼십대 초반의 남성과 커피숍에 앉아 있는 사진이었다.

"이 사람들은 누구죠?"

"그 여자는 장지훈의 아내. 이 뺀질뺀질하게 생긴 놈은 내 연남."

장지훈 의원은 오래전부터 아내와 별거 중이었다.

선거철에만 화목한 가정을 연출했던 거다.

그런데 그 아내가 삼십대 초반의 남성과 바람이 났다.

뭐, 바람이 나든 뭘 하든 상관은 없다.

문제는.

"그래서, 이 정보를 상대 후보가 알게 됐나요?"

황강식이 고개를 저었다.

"상대 후보가 알게 된 게 아니라, 이 여자가 상대 후보를 찾아갔어."

"……네?!"

"찾아가서 떠벌렸다고."

"그게 무슨?!"

"뭐겠어? 상대 후보와 손잡고 장지훈 의원을 겁나게 욕하려는 거지."

무슨 개같은 상황인가 싶었다.

비록 별거 중이지만 장지훈 의원은 충분히 많은 돈을 보내고 있었고 장지훈 의원의 아내는 호사스러운 생활을 하고 있었다.

입고 있는 옷만 봐도 명품으로 도배를 하고 있다.

그런데 상대 후보에게 떠벌렸다는 것은 그 생활을 포기한다는 뜻이다.

이해가 안 됐다.

황강식의 목소리가 이어졌다.

"이 남자하고 결혼하고 싶대. 그럼 이혼부터 해야겠지?"

하지만 장지훈 의원은 이혼해 주지 않을 거다.

정치 경력에 흠이 간다고 생각해서다.

"그래서 장지훈을 망하게 하려고 해. 이혼도 하고 재산도 분할하고 젊은 남자랑 짝짜꿍하며 살고. 사랑은 위대한 거야."

진우의 눈빛이 일그러졌다.

장지훈 의원의 집안이 콩가루라는 게 세상에 알려지면 안 된다.

장지훈 의원의 레벨에서 이런 스캔들을 견뎌 낼 수는 없다.

진우가 다급히 장지훈 의원의 상대, 민국당 후보의 자료를 펼쳤다. 상대 후보의 약점을 찾기 위해서다.

비집고 들어갈 틈만 있다면, 이 상황을 뒤집을 수 있을 거다.

하지만 상대 후보에게 드러난 비리는 없었다.

인권변호사로 활약하던 사람이었고 재산도 빚만 있다.

집은 전세, 자동차는 15년 된 중고차.

심지어 애들도 공부를 잘한다.

"……깨끗하네요?"

"깨끗하지."

"그런데…… 털어서 먼지 안 나는 사람이 있을까요?"

"없지."

"깊이 숨길수록 구린내는 진동하고요."

"그렇지. 그래서 이놈도 더러운 놈이겠지. 그러니까, 통통에 기웃거리는 거고."

"그 더러운 게 뭔지 찾으면 장지훈이 이길 수도 있을까요?"

황강식이 낄낄 웃었다.

"아이고~ 고객님아, 돈만 더 내면 어떻게든 상대 후보의 먼지를 털어 낼 수는 있겠지. 그런데 장지훈은 먼지가 아니라 똥물을 뒤집어써도 안 돼."

장지훈 의원을 욕하는 게 다른 사람도 아닌 아내다.

막장으로 치닫는 집안싸움.

사람들은 그쪽에 집중할 거다.

웬만한 비리로는 그 자극적인 이슈를 덮기란 쉽지 않다.

진우가 한숨을 내뱉으며 능력을 통해 본 미래를 떠올렸다.

그 미래에서 오명훈은 말했었다.

"이건 백동하 회장이 나서도 불가능해. 장지훈 의원은 당선될 수 없어. 끝이야."

진우가 피식 웃었다.
'백동하가 나서도 불가능하다?'
어쩐지 자존심 상하는 이야기였다.
그리고 장지훈 의원만큼 진우의 계획에 어울리는 국회의원을 찾기란 쉽지 않다.
즉, 장지훈 의원이 사라지면, 진우의 계획도 전면 수정되어야 한다는 거다.
그런 피곤한 상황을 피하려면, 어떻게든 장지훈 의원을 당선시켜야 한다.
진우가 시선을 들어 황강식을 바라봤다.
"부탁 하나만 더 할게요."
"돈만 주면 뭐든 오케이."
"이 내연남이란 새끼를 조사해 주세요."

"지난 재건축 비리 사태를 기억하실 겁니다! 저는 말로 하지 않습니다! 언제나 행동으로 보여 드립니다!"

본격적인 선거운동이 시작됐다.

장지훈 의원이 유세 차량에 올라 연설을 하고 있었다.

"국민의 옆에 서는 국회의원! 그게 바로 저 장지훈입니다!"

장지훈 의원이 그 말을 끝으로 손을 번쩍 들었다.

지지자들이 '와!' 소리와 함께 장지훈 의원의 이름을 연호했다.

"장지훈! 장지훈! 장지훈!"

그렇게 연설을 끝낸 장지훈 의원이 차량의 뒤에 섰다.

박우현 보좌관이 주변에 아무도 없는 것을 확인한 후, 장지훈 의원에게 담배를 건넸다.

장지훈 의원이 담배를 입에 물고 박우현을 바라봤다.

"지금도 전화 안 받아?!"

"네."

박우현은 장지훈 의원의 아내에게 계속 전화를 걸고 있었다. 선거라는 전쟁에서 화목한 가족의 이미지는 큰 도움이 되기 때문이다.

하지만 받지 않는다.

음성 사서함으로 연결될 뿐이었다.

박우현이 휴대폰을 꺼내며 입을 열었다.

"다시 연락해 보겠습니다."

"됐어. 그 여편네 없어도 어차피 이길 게임이야."

장지훈 의원의 지지율은 53%, 말 그대로 압도적이었다.

그에 반해 민국당 후보는 31%.

문제만 없다면 무난히 당선될 것으로 예측되고 있었다.

장지훈 의원이 담배 연기를 내뱉으며 중얼거렸다.

"이놈의 여편네가 대체 무슨 짓을 하고 다니는 거야?"

"곧 이혼할 수 있을 거야."

그 시각, 장지훈 의원의 아내는 커피숍에 앉아 있었다.

그 앞에 양복을 잘 갖춰 입은 내연남이 보였다.

"그러니까…… 선거가 끝날 때까지만 잠시 떨어져 있자는 거죠?"

"어. 우리가 같이 있는 걸 다른 사람이 보면 좀 그렇잖아. 허재민 후보님도 그게 좋겠다고 하더라."

허재민은 민국당의 후보다.

장지훈 의원의 아내는 허재민 후보를 만났고, 어떻게 하면 장지훈 의원을 망가뜨릴 수 있을지 계획을 세웠다.

"정확히 3일 후, 난 불쌍한 사람이 될 거야. 그 인간에게 가정 폭력을 당했고 인정받지 못했던 그런 사람."

아내가 폭로를 하는 순간 세상의 모든 시선이 집중될 거다.

각 언론사가 앞다투어 그 소식을 알릴 게 분명하다.

그때, 바람이 났다는 소문이 돌면 안 된다.

철저히 피해자가 되어야 하고 사람들에게 연민의 눈길을 받아야 장지훈 의원이 파멸될 수 있다.

"걱정하지 마. 사람들은 금방 잊어 먹잖아. 선거만 끝나면 아무도 내 얼굴과 사연을 기억하지 못할 거야."

내연남이 안쓰러운 눈으로 아내를 바라보며 기름진 목소리를 내뱉었다.

"보고 싶어서 어쩌죠?"

"조금만 참아. 선거가 끝나면 계속 같이 있을 수 있어."

내연남이 아내의 주름진 손을 부드럽게 잡았다.

"혼자만 힘든 일 하게 해서 미안해요. 다시 만날 때는 꼭 안아 줄게요."

두 사람은 서로를 바라보며 빙긋이 미소를 그렸다.

그리고 나중을 기약하며 자리를 떠났다.

아내는 커피숍의 정문으로 떠났고, 내연남은 복도로 이동해 엘리베이터를 타고 지하 주차장으로 내려갔다.

그런데 내연남의 표정이 이상했다.

방금과는 전혀 달랐다.

다정했던 미소가 사라지며 차가운 눈빛만이 흐르고 있었다.

그 눈빛은 마치 먹이를 노리는 뱀과 같았다.

이윽고 엘리베이터에서 내린 내연남은 휴대폰을 꺼내 귀에 댔다.

"전화 못 받아서 미안. 일하고 있었지. 이번 거? 글쎄, 적어도 20억은 될 거 같은데. 그래, 자세한 얘기는 나중에 할게."

내연남이 통화를 종료하며 자신의 차량 앞에 섰다.

그때, 낯선 목소리가 들렸다.

"무슨 짓을 하면 20억을 버는지 나도 좀 알자."

차량의 문을 열려던 내연남이 목소리가 들리는 곳을 향해 천천히 시선을 틀었다.

그곳에는 한 남자가 서 있었다.

진우였다.

진우가 내연남에게 다가가며 말을 이었다.

"같이 좀 알자니까?"

내연남이 진우의 위아래를 훑어보며 물었다.

"······누구?"

순간, 진우가 한 손으로 내연남의 목을 콱 움켜잡고 벽으로 밀쳤다.

쾅!

내연남이 눈을 찌푸렸다.

등에서부터 전해지는 고통에 얼굴을 일그러뜨렸다.

"갑자기 뭔데, 이 새끼야?!"

내연남의 표정은 험악했다.

난데없이 폭행을 당했다고 생각하며 주먹을 꽉 쥐고 진우를 노려봤다.

하지만 진우는 빙긋이 미소를 그리며 내연남을 향해 다가
갔다.

그리고 그 앞에 서서 입을 열었다.

"나? 경찰."

"……!"

"넌 제비."

내연남의 눈동자가 빠르게 흔들렸다.

"……제비요?"

"요즘은 제비가 아니라 선수라고 해야 알아듣나?"

내연남이 뒤로 물러서려 했다.

하지만 뒤는 벽이다.

도망칠 곳은 없다.

내연남이 빠르게 주변을 살폈다.

진우 외에 다른 경찰은 보이지 않는다.

혼자 왔다는 거다.

게다가 말하는 걸 보면 체포를 위해 온 게 아니다.

생각하던 내연남의 표정이 덜컥거렸다.

장지훈 의원이 보냈을지도 모른다고 생각된 거다.

그럼 이건 위험하다.

일단 도망쳐야 한다.

"씨발!"

내연남은 빠르게 재킷을 벗었다.

집어 던져서 진우의 시야를 가리고 그사이 도망칠 생각이
었다.

하지만 그 작전은 실패했다.

재킷을 다 벗기도 전에 진우가 내연남의 멱살을 잡고 다리
를 걸어 버린 거다.

콰당탕!

내연남이 바닥에 처박혔다.

진우가 내연남을 내려다보며 입을 열었다.

"제비의 다리를 부러뜨리고 치료해 주면, 복을 갖다준다
는 흥부놀부 이야기 알지?"

"⋯⋯!"

"네 다리를 부러뜨리면 넌 나한테 어떤 복을 가져다줄까?"

"다, 다리를 부러뜨린다고요?"

진우의 눈빛은 진심으로 내연남의 다리를 부러뜨릴 것 같
았다.

내연남의 눈동자가 겁에 질렸다.

말 그대로 포식자 앞에 놓인 초식동물이었다.

이대로 가만히 있으면 찢겨 죽을 거다.

그 전에 도망쳐야 한다.

내연남은 살기 위해 몸부림을 치기 시작했다.

엎어진 상태로 다리를 바동거렸고 주먹을 휘둘렀다.

"꺼져! 저리 가! 씨발, 가라고!"

하지만 진우는 차분히 내연남의 행동을 지켜봤다.

그리고 빈틈이 보이는 순간 내연남의 머리를 발로 차 버렸다.

콰자작!

내연남이 몇 바퀴를 데굴데굴 굴렀다.

"꺼어억!"

내연남은 뼈가 부서지는 통증에 휩싸였다.

하지만 지금은 고통을 느낄 때가 아니었다.

내연남이 좀비처럼 기어서 도망가려 했다.

하지만 그 뒤에 저벅저벅, 저승사자 같은 진우의 발소리가 들렸다.

진우가 내연남의 머리채를 콱 움켜잡았다.

"어디 가?"

"사…… 살려…….."

내연남이 간절히 말했지만 진우의 입가에는 이미 서늘한 미소가 걸려 있었다.

진우가 내연남을 향해 사정없이 주먹을 휘둘렀다.

꽈직! 꽈직! 꽈직!

그날 밤, 유흥가의 외곽에 있는 포장마차였다.

내연남이 고개를 숙인 채 울적한 표정으로 앉아 있었다.

내연남의 앞에는 진우가 보였다.

진우가 슬쩍 웃으며 입을 열었다.

"이제 좀 사내답게 생겼네."

내연남이 시선을 들어 진우를 쏘아봤다.

내연남의 얼굴은 낮과 달랐다.

광대는 시커멓게 멍이 들어 있었고 입술은 심각할 정도로 부어터진 상태였다. 말끔했던 얼굴은 사라졌다.

"이게 사내답다고요?! 사람을 이렇게 패 놓고 어떻게 그딴 말을 하세요?!"

그런데, 쏘아붙이던 내연남이 슬며시 입을 닫았다.

진우의 싸늘한 눈빛을 본 거다.

진우가 내연남의 잔에 술을 채우며 말했다.

"네가 상황 파악을 못 하고 있는 것 같은데, 너 지금 진짜 위험한 상황이야."

진우가 품에서 휴대폰 3개를 꺼내 테이블에 올렸다.

그 3개 모두 내연남의 것이었다.

진우가 손가락으로 휴대폰을 툭툭 치며 말했다.

"이것은 장지훈의 아내를 비롯한 여자들과 연락하는 것. 이것은 친구들과 연락하는 것. 마지막으로 이것은 민국당 허재민 후보와 연락하는 것."

민국당 허재민은 이번 선거에서 장지훈 의원의 상대 후보다.

내연남이 장지훈 의원의 아내에게 접근한 이유는 민국당

허재민에게 의뢰를 받았기 때문이다.

홍신소 황강식이 조사해 온 것에 따르면, 허재민 후보에게 드러난 비리는 없었다.

깨끗한 척은 다 하고 있었다.

하지만 겉모습만 그럴 뿐이다.

허재민 후보의 그 속은 썩어 있었다.

진우가 그 휴대폰을 손에 들며 내연남을 바라봤다.

"허재민한테 얼마를 받았는지는 모르겠지만 간덩이가 배 밖으로 나온 것도 아닌데, 장지훈의 마누라를 건드려?"

장지훈 의원은 진우가 자신의 비리를 알고 있다는 이유만으로 테러를 기획했던 사람이다.

그런데 내연남은 장지훈 의원의 아내를 꼬드겨 선거에 똥물을 튀기려 했다.

"내가 장지훈에게 가서 이 휴대폰을 주면, 넌 어떻게 될까? 뻔하지. 쥐도 새도 모르게 죽고 말 거야."

내연남의 얼굴이 창백하게 변해 갔다.

다가올 자신의 미래를 예감한 거다.

진우가 내연남을 향해 상체를 기울이며 속삭였다.

"내가 남의 가정 망치는 너 같은 새끼들을 정말 싫어하거든?"

진우는 조학주의 손에 의해 가정이 찢긴 기억이 있다.

그래서 이런 제비 새끼는 보기만 해도 죽여 버리고 싶었다.

그게 오늘 좀 심하게 때린 이유였다.

하지만 지금은 감정적으로 행동해서는 안 된다.

이놈은 장지훈 의원을 살릴 수 있는 열쇠다.

진우의 속삭임이 이어졌다.

"어떻게 할래? 내 말을 따를래? 아니면, 죽을래?"

내연남에게 선택권은 없다.

당연히 진우의 말을 따라야 한다.

그런데, 내연남은 고개를 저었다.

"제가 그쪽 말을 따르면요. 저는 허재민 후보한테 죽어요!"

그렇게 말하는 내연남은 참혹한 표정으로 진우를 바라보고 있었다.

며칠 후, 장지훈 의원은 기자들과 함께 보육원에 도착했다.

봉사활동을 하며 서민과 함께하는 정치인이란 이미지를 얻기 위해서다.

장지훈 의원이 아이들의 입에 붙은 밥풀을 떼어 주고 빨래를 하는 모습이 기자들의 카메라에 담겼다.

그리고 보좌관 박우현이 기자들에게 돈이 든 봉투를 슬쩍 건네며 말했다.

"기자님들, 기사 좀 잘 부탁드리겠습니다."

"아이고, 이런 거 받으면 안 되는 거 아시잖아요?"

"에헤이~ 먼 길 오셨는데, 기름값은 드려야죠. 하하하."

돈이 오가는 것은 불법이다.

하지만 기자들은 거부하지 않았다.

대놓고 봉투 안을 열어 얼마가 들었는지 확인하는 인간도 보였다.

그렇게 봉사활동이 끝났다.

장지훈 의원이 이마에 맺힌 땀을 닦아 내며 기자들의 앞에 섰다.

"그건 그렇고 지지율은 어때요?"

"알면서 왜 물어보십니까? 압도적이죠~."

돈을 쏟아부은 결과다.

장지훈 의원은 밤마다 지역 유지들을 만나 술을 마셨고 돈 봉투를 쥐여 줬다.

그 덕에 압도적인 지지율로 상대 후보를 박살 내고 있었다.

예상했던 대로 특별한 문제가 없다면, 다시 국회에 입성할 수 있을 거다.

그렇게 생각했다.

기자들의 휴대폰이 다급히 울리기 전까지는…….

그리고 보좌관 박우현의 휴대폰도 진동했다.

그런데, 박우현이 휴대폰을 귀에 대는 동시에 눈을 부릅떴다.

"사, 사모님이요?!"

사모님이라는 말에 장지훈 의원이 눈살을 찌푸렸다.

"걔가 왜?"

박우현이 서둘러 통화를 종료하며 장지훈 의원을 바라봤다.

"의원님…… 사모님께서…….'

"그러니까, 뭐?!"

"기, 기자회견을 열었답니다."

"뭐?"

"의원님께 폭행을 당했다고……."

"응? 그게 뭔 소리야?"

장지훈 의원은 이해 못 하는 표정이었다.

생각조차 못 했던 일이기 때문이다.

하지만 그 담담한 표정은 오래가지 못했다.

"사모님이 의원님께 맞았다고 기자회견을 한답니다!"

"그게 무슨 개소리야?!"

박우현이 다급히 휴대폰을 만지작거렸다.

그리고 장지훈 의원에게 건넸다.

화면에는 장지훈 의원의 아내가 보였다.

장지훈 의원의 아내는 화장기 없는 초췌한 얼굴을 한 채 설움을 삼키는 목소리로 입을 열었다.

-장지훈 의원은 겉과 속이 다른 사람입니다. 앞에서는 선량한 척했지만, 집에서는 아니었습니다. 술에 취하면 저를 폭행했고…….

장지훈 의원은 아찔함을 느끼며 눈을 질끈 감았다.

실시간으로 올라오는 댓글은 인생 무너지는 소리처럼 느껴졌다.

─착한 척하더니, 집에서는 아내를 패고 있던 거야?

└골프채로 때린 적도 있대.

└와…… 소름.

└이런 놈이 대한민국 정치인입니다!

└투표 잘하자. 이런 놈 뽑으면 안 된다.

└절대 안 뽑을 거다.

└나 저쪽 선거구 주민인데, 원래 대한당만 찍었거든? 그런데, 이번에는 민국당이 싫어도 민국당 뽑는다.

└나도. 장지훈이 더 싫어.

하지만 장지훈 의원에게 생각할 시간은 없었다.

조금 전까지 장지훈 의원에게 호의적이었던 기자들이 돌변한 거다.

기자들이 휴대폰의 녹음 어플을 켜고 장지훈 의원에게 달려들었다.

"의원님, 사모님의 기자회견을 어떻게 생각하십니까?!"

"술에 취해 폭행했다고 하는데, 정말입니까?!"

장지훈 의원이 비틀비틀 물러섰다.

장지훈 의원의 목소리가 실성한 것 같았다.

"그, 그게…… 저는 모르는 일입니다. 모르는 일이에요!"

선거가 3일 앞으로 다가왔다.

분명 선거운동의 열기로 뜨거워야 할 시간인데, 장지훈 의원의 선거 캠프는 숨이 막힐 정도로 적막했다.

선거 캠프의 간부들은 자신의 자리에 서서 한숨을 내뱉었고 장지훈 의원은 방에 앉아 담배만 피우고 있었다.

"하…… ."

장지훈 의원의 입에서 한숨과 함께 담배 연기가 흘렀다.

아내의 폭로로 정치 인생이 끝났다.

지지율이 처박히며 단 이틀 만에 상황이 역전됐고 남은 기간에 승리할 방법은 존재하지 않는다.

이제는 패배의 시간을 기다릴 뿐이다.

"젠장."

장지훈 의원이 재떨이에 담배를 비벼 끌 때였다.

사무실의 문이 열리고 박우현이 들어왔다.

"의원님…… ."

"왜? 또 뭔 일 터졌어?"

"아뇨. 이진우 경장이 왔습니다."

"이진우?"

"네."

장지훈 의원이 손을 휘휘 저었다.

"그냥 가라고 해. 지금은 누구도 만나고 싶지 않아."

그때였다.

박우현의 뒤에서 진우의 목소리가 들려왔다.

"말씀드릴 게 있습니다."

진우가 박우현의 앞에 섰다.

그리고 태연한 눈으로 장지훈 의원을 바라보며 말을 이었다.

"설마…… 선거를 포기하셨습니까?"

장지훈 의원이 턱에 힘을 꽉 주며 중얼거렸다.

"나중에…… 나중에 와. 지금은…….."

"당선될 수 있는 카드가 있습니다."

장지훈 의원이 멈칫거렸다.

"뭐?!"

"그 카드 가져왔습니다."

진우가 장지훈 의원의 앞에 다가섰다.

그러자 장지훈 의원이 다시 중얼거렸다.

"……카드?"

생각해 보면, 진우는 재건축 사건을 가져와 장지훈 의원을
도왔던 적이 있다.

그리고 그 전에도 장지훈 의원이 진백으로부터 뇌물을 받

앉던 것을 알고 있었다.

그 모든 상황을 정리하면, 진우의 정보력이 꽤 대단하다는 거다.

그러니 이번에도 도움이 될 정보를 가져왔을 수 있다.

장지훈 의원이 벌떡 일어나 진우를 바라봤다.

"말해 봐."

진우는 장지훈 의원에게 지금껏 있었던 일을 전했고 앞으로 해야 할 일을 얘기했다.

진우의 말이 이어질수록 장지훈 의원의 눈빛에 희망이 생겨났다.

정확히 2시간 뒤였다.

청소년 회관의 강당으로 기자들이 몰려들었다.

"장지훈 의원이 기자회견을 연다고?!"

메이저 언론부터 인터넷 방송을 하는 사람들까지, 말 그대로 인산인해였다.

아내의 저격으로 모든 관심이 집중된 상태였기 때문이다.

"뭔 말을 하려는 거지? 들은 거 있어?"

"후보 사퇴 말고 다른 게 있을까? 버틸수록 쓰레기가 되잖아."

기자들이 노트북을 열며 한 마디씩 떠들 때였다.

장지훈 의원이 굳은 표정으로 단상에 섰다.

동시에 강당은 음소거가 된 것처럼 조용해졌다.

그 모든 시선이 장지훈 의원에게 집중됐다.

그리고 장지훈 의원이 입을 열었다.

"민생을 돕느라, 가정에 신경을 쓸 수 없었습니다. 모든 것은 제 불찰입니다. 모든 잘못은 저에게 있습니다."

"……."

"하지만 제가 가정 폭력을 휘둘렀다는 허위사실에 침묵하는 것은 아니라고 판단했습니다. 이것은 제 개인의 문제가 아니라 대한민국의 정치인을 욕보이는 일이기 때문입니다."

기자들이 피식 웃었다.

"이쯤 됐으면 그만두지, 왜 발악을 하고 있어?"

저런 말로 유권자들의 생각을 돌릴 수는 없다.

어떤 말을 해도 유권자들은 장지훈 의원을 가정 폭력범으로 생각할 뿐이다.

그런데, 그 순간이었다.

단상의 스크린에 장지훈 의원의 아내가 커피숍에 앉아 있는 사진이 떠오른 거다.

기자들의 모든 행동이 멎었다.

"저, 저거 뭐야?"

장지훈 의원이 우울한 목소리로 말을 이었다.

"제가 사랑했던 아내는 다른 사람을 사랑하고 있었습니다."

기자들이 웅성댔다.

"진짜야?! 합성이 아니고?!"

"저, 저런 거 공개해도 되는 거야!?"

그 순간, 장지훈 의원이 강한 목소리로 외쳤다.

"그런데 제 아내의 사랑은 조작된 사랑이었습니다!"

스크린에 사진이 내려가고 내연남의 얼굴이 나타났다.

이번에는 동영상이었다.

내연남이 침울한 목소리로 입을 열었다.

 −저는 민국당 허재민 후보의 지시를 받고 대한당 장지훈 의원의 아
내 우민영 씨를 꼬셨습니다.

 충격적인 내용에 기자들은 눈만 깜빡거렸다.

이해가 되지 않는지 고개를 갸웃거리는 사람도 있었다.

그리고 구석에서 기자회견을 지켜보던 진우는 빙긋이 미
소를 그렸다.

"뒤집어지겠어."

 그 시각, 장지훈 의원의 상대 후보 허재민은 유세 차량에
앉아 물을 마시고 있었다.

'조금만…… 조금만 더 견디면 되는 거야.'

장지훈 의원은 무너졌고 다른 후보들은 5% 이하의 지지율이기에 신경 쓰지 않아도 됐다.

즉, 선거만 끝나면 국회의원이 될 수 있다.

그때가 되면, 선거운동을 하며 고생했던 것.

거지같은 놈들에게 허리를 굽히며 미소 지었던 것을 추억하며 크게 웃을 수 있을 거다.

그렇게 생각하고 있을 때였다.

차량의 문이 벌컥 열리며 수행실장이 얼굴을 내밀었다.

"후보님!"

"왜?"

"자, 장지훈이 지금 기자회견을 열었습니다."

허재민 후보가 피식 웃었다.

"뭐래? 후보 사퇴라도 하겠대? 생각해 보면, 오래 견뎠어. 진작 때려치웠어도 이상하지 않았잖아?"

"그, 그게 아니라……."

"그럼, 뭐? 변명이라도 한대? 됐어. 이제 장지훈은 뭘 해도 안 돼. 아내가 기자회견을 했어. 그러니까, 장지훈이 어떤 말을 해도 사람들은 듣지 않아. 가정 폭력만 기억할 거야."

"지, 직접 보시는 게 빠를 것 같습니다."

말을 더듬던 수행실장이 휴대폰을 내밀었다.

화면에는 장지훈 의원의 기자회견이 실시간으로 흐르고

있었다.

그런데 화면에 보이는 것은 장지훈 의원이 아니라 내연남의 얼굴이었다.

－저는 허재민 후보의 지시에 따라 장지훈 후보의 아내가 기자회견을 하는 것으로 유도했고…….

허재민 후보의 얼굴이 덜컥거렸다.
그사이에도 내연남의 목소리는 이어지고 있었다.

－장지훈 후보의 아내는 거짓된 가정생활을 폭로하게 됐습니다. 제가 이 모든 것을 폭로하게 된 이유는 오직 하나……. 아무리 생각해도 허재민 후보 같은 사람이 국회의원이 되어서는 안 된다고 생각해서입니다.

허재민 후보가 눈동자를 빠르게 굴리더니, 손톱을 물어뜯었다.
그리고 다급히 자신의 휴대폰을 손에 들고 기사를 찾아 댓글을 확인했다.

－착한 척하더니, 쑈였네.
－와…… 무섭다. 국회의원이 되려고 이런 음모까지 꾸며?
－장지훈이 허재민의 얼굴에 사커킥 날려도 무죄지?

└무죄.

└판사도 눈감아 줄 거야.

허재민 후보의 손이 파르르 떨렸다.

"씨, 씨발⋯⋯."

곧 국회의원이 될 수 있다고 생각했다.

그런데, 다 된 밥에 소금이 뿌려지고 있었다.

"이 개새끼, 당장 찾아서 죽여 버려! 당장!"

하지만 허재민 후보는 내연남을 찾을 수 없었다.

내연남은 오명훈의 집에서 함께 지내고 있었다.

진우가 오명훈에게 잠잠해질 때까지 내연남을 숨겨 달라
고 부탁했기 때문이다.

그런데, 내연남이 심각한 표정으로 오명훈을 바라보고 있
었다.

그 이유는⋯⋯.

"궁금한 게 있는데요. 족발은 매일 먹어야 하나요?"

"족발이 최고지."

"질리지도 않으세요?"

"맛있어!"

"술도 매일 마셔야 하고요?"

"응!"

오명훈이 기분 좋게 술잔을 손에 들었고 내연남은 깊은 한숨을 내뱉었다.

그리고 그날, 내연남은 오명훈과 죽을 때까지 술을 마셔야 했다.

'미쳤어. 오명훈이란 새끼는 알코올중독자야!'

그렇게 선거 날이 됐다.

장지훈 의원은 집에 앉아 초조한 표정으로 담배를 피우고 있었다.

'분위기는 바뀌었는데…….'

진우의 활약으로 여론이 호의적으로 변했다.

많은 사람이 장지훈 의원을 응원하게 된 거다.

─와…… 아내가 쓰레기였어?

└응. 이혼소송에서 승리하려고 맞았다고 거짓말함.

└하긴……. 국회의원한테 저런 의혹이 있으면, 빼도 박도 못 하잖아?

└얼굴 알려진 게 죄다.

└그런데, 장지훈은 다 용서한다고 하더라. 가정에 소홀했던 자신이 잘못한 거라고.

└멋진데?

└국민만 보고 간대.

　└재개발 조합장 비리 밝힌 것도 장지훈이었잖아?

　└서안시에는 장지훈이 필요해.

많은 사람이 장지훈 의원을 응원하고 있었다.

하지만 안심할 수 없었다.

마지막 여론조사에서 장지훈 의원은 큰 격차로 밀리고 있었다.

그걸 뒤집는 것은 기적과 같다.

그리고 그 결과가 곧 나온다.

패자와 승자가 가려지는 거다.

"하……."

장지훈 의원의 입에서 한숨이 흐를 때였다.

옆으로 박우현이 섰다.

"의원님, 이제 가야 할 시간입니다."

곧 출구 조사가 발표된다.

함께 고생했던 사람들과 앉아 발표를 지켜봐야 한다.

"그래, 가야지."

장지훈 의원이 힘겹게 몸을 일으켰다.

그렇게 도착한 선거 캠프.

장지훈 의원이 눈을 깜빡였다.

"기, 기자가 왜 이렇게 많아?"

장지훈 의원은 비주류다.

게다가 서안시는 서울처럼 관심을 받는 지역이 아니다.

그런데, 캠프 앞에는 기자들이 개미 떼처럼 가득했다.

아무리 생각해도 이건 말이 안 된다.

그때, 기자들의 카메라가 장지훈 의원을 향했다.

"뭐, 뭐야?!"

물어봤지만, 박우현도 대답할 수 없었다.

"모, 모르겠습니다. 기자가 있다는 얘기는 들었는데…….'

그사이 기자들이 장지훈 의원의 앞으로 우르르 달려왔다.

"장지훈 의원님, 이번 선거에서 가장 이슈가 된 후보 중 하나라는 것 알고 계셨습니까?!"

"격전지는 아니었지만, 사람들의 관심은 이 지역에 있습니다!"

"장지훈 후보님! 역전의 가능성이 있다고 생각하십니까?!"

장지훈 의원은 당황했지만, 그래도 국회의원이었다.

짧은 순간에 침착함을 되찾고 기자들의 질문에 교과서적으로 답했다.

"국민의 선택을 제가 어찌 알겠습니까? 지금은 조용히 출구 조사만을 기다리겠습니다."

그렇게 장지훈 의원은 기자들을 뒤로하고 캠프 안으로 들어갔다.

캠프 안은 적막했다.

모두가 숨을 죽인 채, 텔레비전 화면에 집중하고 있었다.

장지훈 의원도 마련된 자리에 앉아 마른 입술을 핥으며 텔레비전에 집중했다.

그리고 얼마의 시간이 더 흐른 뒤, 마침내 출구 조사가 발표됐다.

-가장 이슈가 된 지역구죠! 대한당 장지훈 후보 70.2%! 민국당 허재민 후보 19.8%로 예측됐습니다!

장지훈 의원이 눈을 부릅떴다.

이건 낙승이다.

출구 조사에서 이 정도로 차이 났다면, 결과는 지켜보지 않아도 된다.

장지훈 의원이 벌떡 일어나서 만세했다.

"감사합니다!"

동시에 사람들이 환호성을 질렀다.

"이겼다! 이겼다! 이겼다!"

카메라 플래시가 장지훈 의원의 얼굴 위로 쏟아졌다.

잠시 카메라를 바라보던 장지훈 의원은 몸을 돌려 함께 고생했던 사람들을 보며 크게 외쳤다.

"정말 감사합니다! 다시 한번 감사합니다! 이 모든 것은 전부 여러분 덕입니다!"

다시 한번 환호성이 터졌다.

"와~!"

장지훈 의원이 고생했던 사람들, 보좌진에 이어서 캠프의 각 간부들까지 그 모든 사람과 악수를 나눴다.

"고생했어. 정말 고생했어."

그리고 장지훈 의원은 복도로 나갔다.

휴대폰을 손에 들고 진우에게 전화를 걸었다.

−여보세요?

진우의 목소리가 들리는 것과 동시에 장지훈 의원이 들뜬 목소리로 입을 열었다.

"진우야! 네가 일등공신이야! 넌 내 귀인이다. 내 귀인이야! 하하하!"

−아뇨. 전부 의원님의 힘이죠. 제가 한 일이 뭐 있겠습니까?

진우가 겸손하게 말하자 장지훈 의원의 입가에 걸린 미소가 더 짙어졌다.

"내가 자네한테 보답할 거야. 그것도 아주 크게!"

그 시각, 파출소였다.

장지훈 의원과 통화하던 진우의 입에도 미소가 걸렸다.

'보답해야지.'

진우는 장지훈 의원의 머리채를 잡고 휘두르려 한다.

장지훈 의원을 거물로 만들고 철저한 꼭두각시로 이용할 생각이다.

그것을 모르는 장지훈 의원은 몇 번이나 고맙다는 말을 전했다.

그리고 진우가 장지훈 의원과의 통화를 종료할 때였다.

김재혁 경사가 귀를 파며 안으로 들어오고 있었다.

"이제야 끝났네. 시끄러운 게 끝났어."

김재혁 경사는 선거운동에 불만을 갖고 있었다.

온종일 들었던 확성기 소리가 끔찍했던 거다.

하지만 더 끔찍한 소리가 존재했다.

오성민 팀장이 빙긋이 미소를 그리며 입을 열었다.

"재혁아~ 먹자골목에서 술 마신 사람들이 싸우고 있다는 신고가 들어왔어."

김재혁 경사가 황당한 표정으로 오성민 팀장을 바라봤다.

"팀장님…… 순찰 끝내고 이제야 돌아온 거 안 보이세요?"

"보이지."

"지금 화장실 갔다 왔으니 담배 한 대 피울 시간은 줘야 하는 거 아닐까요?"

"출동~."

"아오! 그놈의 술! 곱게 좀 마시지!"

진우와 김재혁 경사에게 쉴 시간은 없었다.

신고가 들어온 이상 파출소를 떠나 현장으로 향해야 했다.

다음 날, 현금 부자 강진식의 자택이었다.

비서가 강진식에게 보고하고 있었다.

"총선의 결과는 서안시를 제외하면 예측과 같았습니다."

강진식이 고개를 끄덕였다.

그리고 들고 있던 서류를 테이블에 올려 두며 입을 열었다.

"각 당의 대표한테 고생했다고 제철 과일 한 박스씩 보내."

"네."

물론, 과일 상자에는 제철 과일이 들어 있지 않다.

그 안에 담긴 것은 현금이다.

물론 공짜로 주는 것은 아니다. 각 당의 대표가 현금 상자를 받는 순간, 비서는 그 장면을 사진으로 남겨 둘 거다.

하지만 그 사진은 각 당의 대표를 협박하기 위해서가 아니다.

정치권에서 강진식을 귀찮게 하지 말라는 무언의 압박일 뿐이다.

그렇게 비서의 보고가 끝났다.

이제 비서는 강진식의 집무실을 떠나 지시받은 일을 하면 된다.

그런데 비서가 할 말이 남아 있다는 듯 그 자리에 서 있었다.

강진식이 물끄러미 비서를 바라봤다.

"왜?"

"확실하지 않은 정보가 있는데, 보고 드려도 되겠습니까?"

"확실하지 않다?"

"네."

"그럼, 짧게 말해."

"그게…… 장지훈 의원이 기적적으로 당선된 배경에 이진우 경장이 있을 수도 있습니다."

강진식이 멈칫거렸다.

"……이진우?"

"네."

비서가 강진식의 앞으로 다가섰다.

그리고 테이블에 사진 한 장을 올려 두며 계속 말했다.

"장지훈 의원이 기자회견을 할 때입니다."

장지훈 의원이 아내의 외도를 폭로하던 그때, 어떤 기자가 그 모습을 동영상으로 찍었었다.

그런데 그 동영상에 진우의 모습이 스치듯 담겼다.

강진식이 보고 있는 사진은 그 동영상을 캡처한 거다.

하지만 워낙 빠르게 스친 장면이라 진우의 얼굴이라 확신하기는 어려웠다.

"이게 진우라고?"

비서가 태블릿 PC를 테이블에 올려 두며 말을 이었다.

"저희도 분석을 하다가 우연히 찾아냈고 처음에는 긴가민가했습니다."

"그런데?"

"기자회견이 열린 장소 등 확인해 볼 수 있는 모든 CCTV를 확인했습니다. 그런데 기자회견이 시작되기 2시간 전, 이진우 경장이 장지훈 의원의 선거 캠프 근처에서 나타난 것이 발견됐습니다."

강진식이 입술을 씹었다.

"선거 캠프 근처라……."

비서가 한 걸음 물러서며 물었다.

"장지훈 의원에게 연락해서 확인해 볼까요?"

"아니, 됐어."

"알겠습니다."

"나가 봐."

비서가 고개를 숙인 후, 자리를 떠났다.

하지만 강진식은 한동안 그 자리에서 움직이지 않았다.

계속해서 진우의 사진을 보고 있었다.

그러던 강진식의 입가에 미소가 걸렸다.

'M&A만 잘하는 게 아니었다?'

강진식은 장지훈 의원을 도운 게 진우였다는 것을 확신하고 있었다.

진우와의 인연은 짧지만, 진우가 의미 없는 행동을 하지 않는다는 것은 알고 있다. 철저히 계산해서 움직인다.

그런데 때마침 그 자리에 있었다는 것은 진우가 장지훈 의원을 도왔다는 뜻이다.

'정치권에도 손대고 있다?'

강진식이 껄껄 웃기 시작했다.

'확실히 백동하와 닮았어. 정말 닮았어.'

강진식은 백동하가 처음으로 진백을 만들었던 그때를 기억하고 있었다.

아무것도 없던 백동하는 진백을 키우기 위해 수단과 방법을 가리지 않았는데, 그때의 행동이 지금의 진우와 비슷했다.

생각하던 강진식은 문득 백동하가 보고 싶어졌다.

강진식이 백동하보다 열 살 이상 많았지만, 백동하는 나이를 떠나 인정할 수 있는 친구였다.

그런데, 그와 똑 닮은 진우가 나타났다.

그리고 진우의 목적은 아마도 진백일 거다.

백동하의 탐욕스러운 성격까지 닮았다면, 거침없이 진백을 집어삼킬 게 분명하다.

며칠 후, 퇴근을 하던 진우의 앞으로 한 사내가 다가왔다.

지난번에도 봤던 사내, 강진식의 지시를 받고 진우에게 진백그룹의 자료를 건네줬던 사람이었다.

　그 사내가 다시 나타난 거다.

　"어르신께서 전해 주라고 하셨습니다."

　사내가 내민 것은 서류였다.

　진우는 그것이 진백그룹의 정보라고 생각했다.

　강진식에게 부탁했던 것이 진백그룹의 정보였기 때문이다.

　그래서 근처 커피숍으로 들어가 서류를 펼쳤는데, 담긴 내용은 진백그룹의 정보가 아니었다.

　'……뭐야?'

　서류에 담긴 것은 장지훈 의원이 저질렀던 각종 비리.

　개발 계획을 미리 알고 땅을 투기했던 것부터 각종 뇌물을 받은 것까지.

　그런데 진우는 강진식이 장지훈 의원의 비리를 왜 보냈는지 이해할 수 없었다.

　'경찰로서 잡아 달라는 것인가?'

　생각했지만, 말이 안 된다.

　진우는 이제 막 경장으로 진급한 말단이다.

　국회의원을 잡는 것은 불가능하다.

　'그럼, 왜?'

　생각하던 진우는 피식 웃었다.

　답은 하나, 강진식은 진우가 장지훈 의원을 도왔던 것을 알고 있다. 그래서 이 자료를 보내 준 거다.

단순히 돕는 게 아니라 장지훈 의원의 목줄을 쥐라는 뜻이다.

진우가 손가락으로 서류를 툭 쳤다.

'땡큐.'

백발의 악마라 불렸던 강진식이 왜 이렇게까지 호의를 보이는지는 알 수 없었다.

하지만 장지훈 의원의 비리는 많을수록 좋다.

이런 도움이라면 기쁘게 받아야 한다.

진우가 서류를 한 장 더 넘겼다.

그런데, 이번에는 그 내용이 달랐다.

이번에는 장지훈 의원의 비리를 나열한 게 아니라 더러운 뒷거래의 증거를 포착할 수 있는 것이었다.

3일 후, 장지훈 의원은 진백그룹 전략 기획실에 있는 직원을 만난다.

그 이유는 뻔하다.

진백은 당선된 국회의원을 소홀히 대접하지 않는다.

돈을 주고 공생관계를 유지하려 한다.

즉, 장지훈 의원은 진백에서 돈을 받을 거다.

서류에는 그 장소와 시간이 적혀 있었다.

진우의 입가에 걸린 미소가 짙어졌다.

'이것도 땡큐.'

그 시각, 강진식의 자택이었다.

강진식의 앞으로 비서가 섰다.

"이진우 경장이 그 장소를 찾아낼 수 있을까요?"

강진식이 진우에게 알려 준 것은 건물의 주소가 전부였다.

몇 층에 있는 어떤 가게인지, 정확한 위치까지는 적혀 있지 않았다.

그리고 비서는 알고 있었다.

그 건물에 대해 모른다면, 그 가게를 절대 찾을 수 없다.

강진식이 입을 열었다.

"못 찾는다면, 그게 그놈이 가진 한계겠지."

"네?"

"그런 것도 못 찾는 놈이라면, 진백을 꿀꺽할 수 없어."

비서는 강진식의 말을 이해할 수가 없었다.

비서가 의문 가득한 눈으로 바라보자 강진식이 말을 이었다.

"자네는 호랑이 배 속에서 고양이가 태어나는 게 말이 된다고 생각하나? 우리는 호랑이 새끼들이 서로 싸우고 죽이는 것을 지켜보고 즐기기만 하면 되는 거야."

비서는 이번에도 강진식이 어떤 생각을 갖고 있는지 파악할 수가 없었다.

며칠 후, 저녁 8시.

진우는 강남의 한 건물 앞에 서 있었다.

강진식이 알려 준 바로 그 건물이었다.

진우가 천천히 건물을 바라봤다.

국회의원과 진백의 전략 기획실 직원이 만나 식사할 분위기는 아니었다.

온통 호프집, 오가는 사람들을 봐도 모두 젊은 사람들이다.

하지만 진우는 저 건물을 잘 알고 있었다.

저곳은 진백이 차명으로 소유한 건물이었다.

'약속 장소는 지하 3층에 있는 가게.'

평범한 사람들은 저 건물의 지하가 전부 주차장으로 이뤄져 있다고 생각한다.

하지만 그 사람들이 들어갈 수 있는 곳은 지하 2층까지다.

그 아래, 지하 3층은 진백의 허락이 없으면 들어갈 수 없다.

즉, 얼굴이 알려진 사람들이 편하게 술을 마실 수 있는 완벽한 공간이었다.

'들어가 볼까?'

진우가 뒷목을 꾹꾹 주무르며 건물로 향했다.

물론 지하 3층의 보안은 완벽하기에 정면으로 당당히 들어갈 수는 없었다.

하지만 진우에게는 방법이 있었다.

바로 건물의 구석에 있는 창고다.

지하 3층에서 일하는 직원들은 그 창고를 통해 다른 층과 오가며 각종 쓰레기를 버린다.

비밀번호가 걸려 있지만, 그것을 푸는 것은 어렵지 않다.

몰래 숨어 있다가 직원이 나타나 누르는 번호를 확인하면 끝이었다.

그렇게 진우는 지하 3층으로 향했다.

지하 3층에는 주차장이 마련되어 있었고 그 옆으로 고급 룸살롱처럼 보이는 입구가 있었다.

진우는 CCTV를 피해 주차장의 기둥 뒤에 숨었다.

그리고 장지훈 의원과 전략 기획실의 직원이 나타나기를 기다렸다.

시간이 조금 흐른 뒤, 검은색 승용차 두 대가 들어섰다.

한쪽 차량에서 내린 사람은 당연히 장지훈 의원과 박우현이었다.

그리고 다른 차량에서는 전략 기획실의 직원 두 명이 내렸다.

그런데 그 직원 중 한 명을 본 진우가 고개를 갸웃거렸다.

'전도준?'

전도준은 서열이 꽤 높은 놈이다.

저놈이 나타났다는 것은 진백에서 장지훈 의원을 높게 평가하고 있다는 거다.

하긴, 이번 선거에서 장지훈 의원은 전국구 인지도를 얻었다.

아직 세력은 없지만, 미래가치는 꽤 훌륭할 거다.

진우가 슬쩍 웃었다.

장지훈 의원이 성장할수록 진우에게는 더 많은 기회가 주어질 게 분명했다.

생각을 정리한 진우의 시선이 전도준과 함께 온 놈에게로 틀어졌다.

저놈은 누군지 모른다.

어려 보이는 것을 보면 입사한 지 몇 년 안 된 신입인 것 같다.

진우는 휴대폰을 손에 들고 그놈의 얼굴을 사진에 담았다.

그런데, 그때였다.

진우의 머릿속에 능력이 펼쳐지며 미래가 나타났다.

비상계단으로 보이는 곳이었다.

그곳에 저 신입의 얼굴이 보였다.

놈이 능글맞은 목소리로 입을 열었다.

"그러니까, 천만 원을 주신다는 거죠?"

놈의 시선이 닿은 곳에는 어떤 남자가 서 있었다.

남자가 고개를 숙이고 있어서 그 얼굴은 확인할 수 없었다.

남자가 담배 연기를 내뿜으며 대답했다.

"네…… . 천만 원이요."

남자의 말에 놈이 낄낄 웃었다.

"아이고~ 내가 **뽀찌**를 받아 보는 게 처음인데요. 그게 소버 AI라니까, 그것도 신기하네요. 뭐, 앞으로도 잘 부탁드립니다. ㅎㅎㅎ."

그게 끝이었다.

진우의 눈에는 다시 그놈이 보이고 있었다.

그런데, 뭔가 이상했다.

능력 속에서 보인 것은 뜬금없이 소버 AI에서 **뽀찌**를 받았다는 것.

뽀찌는 뒷돈이다.

물론 영업사원들이 종종 뒷돈을 받는다는 것은, 진우도 알고 있었다.

하지만 저놈은 영업사원이 아니다.

전도준과 함께 온 것을 보면 당연히 전략 기획실의 사원이다.

생각이 복잡해졌다.

어떤 대가로 돈을 받았을까? 앞에 있는 남자는 누구일까?

어긋난 퍼즐 조각들이 머릿속에 늘어놓인 것 같았다.

하지만 그 퍼즐을 맞추고 있을 시간은 없다.

지금 해야 할 일은 따로 있다.

그사이 장지훈 의원과 전도준이 가게로 들어갔다.

그리고 10분 정도가 더 지나자 검은 양복을 입은 남자가 과일 상자를 들고 나타났다.

남자가 장지훈 의원이 타고 온 차량의 트렁크를 열더니, 그 상자를 안에 실었다.

그 모든 장면이 진우의 휴대폰에 동영상으로 담기고 있었다.

장지훈 의원의 약점이 하나 더 추가된 거다.

잠시 후, 밖으로 나온 진우가 건물 주변을 돌았다.

그리고 양복을 입은 사내가 보이면, 휴대폰을 들고 그들의 얼굴을 사진 찍었다.

양복을 입은 모든 사내가 진백의 사람은 아닐 거다.

하지만 그중에는 진백의 직원이 있을 게 분명했다.

그들의 임무는 보안을 지키는 것이지만, 그들 역시 진우에게는 귀한 자료였다.

그런데, 그들의 사진을 찍고 있던 진우가 멈칫거렸다.

낯익은 얼굴이 보였기 때문이다.

'이다경 기자?'

지난번, 재건축 사건 때 진우와 만났던 이다경 기자가 건물에서 나오고 있었다.

밖으로 나온 이다경 기자가 짜증 나는 표정으로 머리를 헝

클었다.

왜 저러는지 예상된다.

이다경 기자는 장지훈 의원 또는 전도준의 뒤를 미행했지만, 이 건물에서 놓쳐 버린 거다.

'아직 포기하지 않고 진백을 쫓고 있었나?'

진우는 이다경 기자의 저 집요한 성격이 필요했다.

언젠가 진우의 계획에 반드시 포함될 사람이다.

그런데, 그 순간 건물에서 전도준이 나왔다.

진우의 눈이 찌푸려졌다.

저놈이 왜 벌써 나오는지는 모르겠지만, 지금 중요한 것은 저놈이 나온 이유가 아니다.

전도준은 이다경 기자를 알고 있다.

그렇기에 이곳에서 이다경 기자가 얼쩡거리는 것을 봐선 안 된다.

이다경 기자가 위험에 빠질 수도 있기 때문이다.

진우가 다급히 움직였다.

팔을 뻗어 이다경 기자의 팔을 잡아챘다.

동시에 이다경 기자가 놀란 표정으로 시선을 틀었다.

그리고 진우를 보고 더 놀랐다.

"……이진우 순경님?! 여기는 왜?!"

"경장입니다."

"네?!"

"진급했거든요. 뭐, 지금 중요한 것은 그게 아니고."

진우는 멈추지 않았다.

이다경 기자를 끌고 재빨리 전봇대 뒤로 숨었다.

이다경 기자가 황당한 표정으로 물었다.

"뭐 하는 짓이죠?!"

"진백의 직원이 밖으로 나왔습니다."

그 말에 이다경 기자의 눈에 힘이 들어갔다.

사진이라도 찍을 기회라고 생각한 거다.

이다경 기자가 전봇대를 빠져나가려 했다.

하지만 진우가 다시 이다경 기자를 잡아끌었다.

"놔요."

"기자님, 진백에 덤볐다가 어떻게 됐는지 기억 안 나세요?"

이다경 기자가 당황한 눈빛과 함께 멈칫거렸다.

하지만 진우는 멈추지 않았다.

"아무것도 못 하고 깨졌잖아요. 이번에는 다를 거라고 생각하세요? 아뇨. 똑같을 거예요. 아니, 더 심하게 깨지겠죠."

진우의 말은 건방졌다.

이다경 기자가 화를 내도 충분히 이해할 수 있을 정도였다.

그런데 이다경 기자의 반응은 예상과 달랐다.

이다경 기자의 눈동자에 분노는 없었다.

오히려 의문이 채워지고 있었다.

이다경 기자가 진우를 빤히 보며 물었다.

"어떻게 알았어요? 내가 진백에 당한 것을 어떻게 알았냐고요."

당시 이다경 기자를 짓밟은 사람은 진우였다.

진우가 그 일을 모르는 게 이상한 거다.

하지만 그 일을 아는 사람은 극소수다.

일개 기자를 상대로 힘을 쓴 게 창피했던 진백은 그 일을 철저히 은폐했었다.

즉, 진우가 알 수는 없다.

그 사실을 뒤늦게 깨달은 진우가 작게 한숨을 쉬며 변명을 내뱉었다.

"죄송합니다. 기자님이 제 뒷조사를 했던 것처럼, 저도 기자님의 뒷조사를 했습니다."

"……뒷조사를 했다고요?"

"믿을 수 있는 사람인지 확인해 보고 싶었거든요. 그래서 알게 됐어요. 경찰이잖아요."

이다경 기자는 잠시 어떤 말도 하지 않았다.

조용히 진우를 바라볼 뿐이었다.

그러다가 낮은 목소리로 입을 열었다.

"알았어요. 그러죠. 오늘은 빈손으로 돌아갈게요."

"감사합니다."

"대신, 하나만 물어볼게요."

"대답할 수 있는 거라면, 말씀드리죠."

"진짜 기억상실이에요?"

"네?"

뜬금없는 질문이었다.

그런데, 더 이상한 것은 이다경 기자의 태도였다.

이다경 기자는 진우의 표정을 관찰하듯 살피고 있었다.

그리고 진우가 이해할 수 없다는 표정을 짓자 이다경 기자가 말했다.

"얘기 좀 해요."

이다경 기자가 고민이 많은 표정으로 몸을 틀며 말을 이었다.

"따라오세요."

진우가 멀어져 가는 이다경 기자의 뒷모습을 보며 고개를 갸웃거렸다.

'뭐야?'

Chapter 2

이다경 기자를 쫓아간 곳은 번화가를 벗어난 주택가였다.

그런데, 이다경 기자는 걸음을 멈추지 않았다.

"기자님? 이런 곳에 커피숍이 있을 것 같지는 않은데요?"

이다경 기자가 진우를 보며 고개를 갸웃거렸다.

"커피숍이요?"

"네, 얘기하자면서요?"

"커피숍 가자는 말은 안 했는데요?"

"그럼, 맥주?"

"아뇨. 지금 우리 집에 가는 중인데요."

"집에 가자고요?"

"네."

진우가 한숨을 내쉬었다.

"기자님, 남녀칠세부동석이라 했어요. 이 시간에 다 큰 여자가 남자를 집에 들인다는 것은……."

"네? 지금 무슨 생각 하세요?"

"할 말이 있으면, 근처 커피숍으로 가죠."

"이상한 오해 하지 마세요. 보여 줄 게 있어서 가는 거니까요."

그렇게 도착한 이다경 기자의 자취방은 옥탑이었다.

넓은 옥상을 혼자 다 사용할 수 있는 곳.

서울의 야경이 전부 보이는 것까지는 아니어도 탁 트인 공간이 마음에 들었다.

그리고 나름 옥상을 꾸며 놨다.

캠핑 의자와 테이블, 바로 따서 먹을 수 있는 작은 텃밭이 매력적이었다.

"들어오세요."

진우는 이다경 기자를 쫓아 방으로 들어갔다.

그리고 방의 상태를 본 진우는 자신도 모르게 입을 벌리고 말았다.

이다경 기자가 조금은 민망한 표정으로 입을 열었다.

"집이 좁죠?"

"좁은 게 문제가 아닌 것 같은데요."

각종 서류가 정리정돈이 하나도 되지 않은 상태로 난장판을 이루고 있었다.

어딜 봐도 발 디딜 곳은 없어 보였다.

이건 방이 아니다.

인쇄소라 해도 믿겠다.

"기자님? 설마, 여기서 먹고 자고 하는 것은 아니죠?"

"밥은 웬만하면 밖에서 먹고 여기서는 잠만 자요."

"잠을 잔다고요? 잘 곳이 없어 보이는데⋯⋯."

"잔소리하지 말고 일단 들어오세요. 어서요."

진우는 서류를 애써 밟지 않기 위해 노력하며 안으로 들어
갔다.

그리고 이다경 기자가 가리킨 서류 더미 위에 자리를 잡고
앉았다.

"보여 줄 게 있다고 했잖아요. 잠깐만 기다려요."

이다경 기자는 구석에 있는 서류를 뒤적이기 시작했다.

그러면서 입을 열었다.

"내가 이진우 경장님을 처음 봤을 때 뭐라고 했는지 기억
나세요?"

기억난다.

진우가 당시 이다경 기자가 한 말을 기억하며 입을 열었다.

"기억상실이 진짜인지 물어봤었죠."

"아닌데요."

"아니라고요?"

"네, 아니에요."

이다경 기자가 서류가 가득 쌓인 곳에서 파일철 하나를 빼냈다.

그리고 그것을 손에 든 채, 진우의 앞으로 다가오며 말을 이었다.

"쓸데없는 생각 말고 공부나 하라고 했는데……."

진우의 미간이 좁혀졌다.

과거를 떠올려 봤지만, 그런 기억은 없다.

이다경 기자가 무슨 말을 하는 건지 이해할 수가 없었다.

그사이 이다경 기자가 진우의 앞에 마주 앉으며 입을 열었다.

"다시 물어볼게요. 나 진짜 기억 안 나요?"

진우가 느릿한 시선으로 이다경 기자와 눈을 마주쳤다.

그러자 이다경 기자가 다시 물었다.

"기억이 나지 않는다면, 내가 진백에 깨진 것을 어떻게 알고 있죠?"

"말씀드린 것처럼 그건 뒷조사를……."

"말도 안 되는 소리는 하지 마세요. 회사에서도 그 사실을 알고 있는 사람은 몇 안 돼요. 기록도 없고요. 그런데 경찰이라 알았다? 그건 웃기는 얘기예요."

이다경 기자가 진우에게 상체를 기울이며 말을 이었다.

"기억 돌아왔죠? 아니면, 처음부터 기억상실은 쇼였든가."

진우가 마른침을 삼켰다.

머릿속이 복잡해졌다.

'설마······.'

지금 이다경 기자의 말을 종합하면, 원래의 이진우가 이다경 기자와 만났다는 뜻이다.

하지만 믿을 수 없다.

진실을 들어야 한다.

"솔직히 말씀드릴게요. 뒷조사를 한 것은 사실이에요. 비싸기는 하지만 꽤 괜찮은 흥신소를 알고 있거든요."

"흥신소?"

"저도 질문이 있습니다. 제가 기자님을 만난 적이 있었나요?"

이다경 기자는 바로 답하지 않았다.

또다시 진우를 관찰하듯 바라봤다.

그리고 진우의 눈빛에 거짓이 없다는 것을 느꼈다.

이다경 기자가 한숨을 내뱉으며 입을 열었다.

"네. 만난 적이 있어요. 이진우 경장님이 고등학교 2학년일 때였죠."

진우의 눈빛이 흔들렸다.

진실은 혼란스러운 법이다.

겨우 고등학생이었던 원래의 이진우가 왜 이다경 기자를 왜 만났는지 이해할 수 없었다.

순간, 이다경 기자의 입에서 충격적인 사실이 흘러나왔다.

"날 찾아와서 이렇게 말했죠. 진백을 없애 버리고 싶다고."

"진백을 없앤다고요?"

"제가 취재했던 진백의 비리, 그 의혹의 시작은 이진우 경장이 저한테 줬던 거예요."

"네?!"

"복수할 사람이 있다고 했어요. 그게 누군지는 말해 주지 않았지만."

진우가 입술을 씹었다.

원래의 이진우가 복수를 다짐한 사람, 아마도 백동하일 거다.

자신의 아버지가 만든 회사를 빼앗았고 그 집안을 망가뜨린 진백의 수장이 백동하였기 때문이다.

그런데, 그 백동하가 지금 진우가 되어 있었다.

'젠장······.'

이다경 기자가 다리를 외로 꼬며 물끄러미 진우를 바라봤다.

"난 내가 알고 있는 것을 깠는데, 이진우 경장님은 끝까지 안 깔 거예요?"

안 까는 게 아니라 못 까는 거다.

이다경 기자에게 '내가 백동하다.'라고 말하면 정신병원에 신고할지도 모른다.

진우가 한숨을 내쉬며 입을 열었다.

"기억은 없어요. 하지만 진백과 붙을 생각은 여전히 하고 있습니다. 그리고 그 싸움, 기자님과 같이하고 싶습니다."

"······!"

"하지만 당부 드릴 게 있습니다. 오늘처럼 막무가내로 행동하지 마세요. 그쪽에서 기자님의 얼굴을 알고 있으니까요."

그날 밤.

집에 돌아온 진우는 책상에 앉아 멍하니 천장을 바라봤다.

"……진백을 없애 버리고 싶었다? 회사의 비리를 알아냈던 게, 이다경 기자가 아니라 원래의 이진우였다?"

원래의 이진우는 고등학생 시절, 방에 처박혀 게임만 하던 히키코모리였다고 한다.

하지만 진우는 이제 그 과거를 믿지 않는다.

원래의 이진우는 고등학생 신분으로 차명으로 페이퍼컴퍼니를 만들었으며 진백의 비리를 캐냈다.

그리고 그 목적은 진백을 없애는 것이었다.

그런 놈이 히키코모리였을 리는 없다.

진백을 없애기 위해 가족마저 속였을 거다.

진우가 중얼거렸다.

"씁쓸하네……."

진우는 고개를 저었다.

씁쓸한 기분을 이어 갈 수는 없다.

과거는 과거다.

진우는 미래를 향해 달려가야 한다.

진우는 능력을 통해 봤던 것을 떠올렸다.

전도준과 함께 왔던 사원이 소버 AI에서 뒷돈을 받게 된다는 것.

그런데 전략 기획실의 사원이 계열사의 직원과 마주칠 일은 없다.

생각하던 진우는 휴대폰을 손에 들고 오명훈에게 전화를 걸었다.

-이 늦은 밤에 어쩐 일이야? 설마, 술을 마시자고? 난 언제나 환영.

"아뇨. 진백그룹 전략 기획실에 있는 사람에 대해 알아보고 싶어서요."

-전략 기획실?

"아직 연락하는 사람 있죠?"

오명훈은 진백그룹 전략 기획실 출신이다.

횡령을 저지르며 쫓겨나기는 했지만, 아직 그 인연의 끈은 끊어지지 않았다.

-가끔 술 마시는 놈이 있기는 하지.

"사진 보낼게요. 이 사람들이 진백에서 근무하는지 확인 부탁드려요."

진우는 통화를 종료한 후, 오명훈에게 사진 몇 장을 보냈다.

그것은 진우가 건물의 주변을 돌며 몰래 사진 찍었던 사람들의 얼굴이었다.

　오명훈에게 연락이 온 것은 이틀 뒤였다.

　진우는 항상 만나는 그 족발집에서 오명훈과 마주 앉았다.

　"알아봤다."

　오명훈이 휴대폰을 내려 뒀다.

　그리고 진우가 보냈던 사진을 툭툭 넘기며 입을 열었다.

　"이놈은 전력 기획실 보안팀 소속이고, 이놈도 마찬가지고."

　건물 주변을 돌며 찍은 사진 중 아홉 명의 사람이 전략 기획실 경호팀의 소속이었다.

　진우는 그들의 얼굴을 머릿속에 담았다.

　그렇게 여러 장의 사진들이 지나갔고 마지막으로 전도준과 함께 왔던 놈의 얼굴이 휴대폰 화면에 떠올랐다.

　"이쪽도 전략 기획실 소속인데, 이놈은 경호팀이 아니라 감사팀. 이름은 주동연."

　"감사팀이라고요?"

　"응. 왜?"

　"그룹 감사팀에서 소버 AI를 쑤실 수도 있을까요?"

　오명훈이 피식 웃었다.

　"걔들이 계열사의 계열사를 왜 신경 써? 진백 엔터만 쥐어짜면 소버 AI쯤은 알아서 털리잖아? 신경도 안 쓰는 게……."

　진우가 손을 저었다.

"일반적이지는 않죠. 하지만 소버 AI는 백서연이 대표로 있는 진백 엔터의 계열사잖아요."

최근 백서연의 위상이 많이 올라갔다.

그 상황이 백윤성과 백철영에게 짜증을 유발했을 게 분명하다.

백서연의 기세를 꺾고 싶었던 두 사람은 소버 AI를 박살낼 계획을 세웠을 거다. 소버 AI에 문제가 있다면, 그 회사를 인수한 백서연에게 책임이 있기 때문이다.

오명훈이 천천히 고개를 끄덕였다.

"하긴, 명분도 충분해. 소버 AI는 이번에 진백에 입성했잖아. 가족이 되기 전에 어떤 곳인지 확실히 알아보고 싶다. 그런 명분이 있다면, 강진식이라 해도 막을 수는 없지. 그런데 갑자기 왜? 그룹에서 소버 AI를 감사라도 한대?"

"글쎄요. 가능성은 있을 것 같네요."

소버 AI를 향한 뜬금없는 감사.

그것은 진우가 심어 둔 갈등의 씨앗이 본격적으로 싹을 틔웠다는 뜻이다.

놈들끼리 피를 흘리며 싸우는 것은 진우가 원하는 일이었다.

그리고 진우가 그 일을 사전에 알게 됐다.

'이용할 수 있겠어.'

진우의 입가에 차가운 미소가 걸렸다.

며칠 후, 진백 엔터의 대표이사실.

문이 벌컥 열리며 김지원이 다급히 들어왔다.

"대표님! 그룹에서 소버 AI를 감사한다고 합니다!"

"······감사?"

"그, 그런데, 주체가 전략 기획실입니다!"

갑작스러운 이야기에 백서연이 벌떡 일어섰다.

"전략 기획실에서?! 걔들이 왜 소버 AI를 신경 써?"

백서연이 곧바로 휴대폰을 손에 들고 전략 기획실의 직원에게 전화를 걸었다.

하지만 통화 연결음만 이어졌다.

조학주는 물론이고 백윤성과 백철영에게도 연락했지만 마찬가지였다.

모두가 받지 않는다.

백서연이 휴대폰을 거칠게 내려 두며 김지원을 향했다.

"차 준비해. 소버 AI로 가 봐야겠어."

"네!"

백서연이 소버 AI에 도착했다.

소버 AI는 말 그대로 난리였다.

전략 기획실의 직원들이 소버 AI의 끝을 보겠다는 의지를 보이고 있었다.

"하……."

백서연이 한숨을 내뱉었다.

진백그룹의 감사는 검찰이나 국세청과는 다르다.

더 철저하고 잔혹하다.

그들은 직원들이 점심 메뉴로 뭘 골랐는지도 알고 싶어 한다.

백서연이 전략 기획실의 감사팀 팀장을 찾아 그 앞에 섰다.

"멈춰요."

팀장이 조용히 웃었다.

"백서연 대표님, 오랜만에 뵙네요."

"우리 계열사예요. 감사를 해도 우리가 할 테니까……."

팀장이 손을 저었다.

"죄송합니다. 백서연 대표님은 저희를 멈출 수 없습니다."

백서연이 입술을 씹었다.

"누구의 지시를 받은 거죠? 조학주 실장님?"

"아이고~ 조학주 실장님이 이런 구멍가게에 신경이나 쓸 레벨은 아니잖아요?"

그럼 백윤성과 백철영, 둘 중 하나라는 거다.

백서연은 그들의 계획이 뻔히 보였다.

백서연이 몸을 틀어 대표실로 향했다.

당장 팀장을 설득할 수 없다.

일단 임현정부터 안심시켜야 한다.

백서연이 대표실로 들어갔다.

임현정이 건조한 표정으로 앉아 있었다.

"임현정 대표, 가벼운 감사고 내가 알아서 할 테니까 걱정하지 마세요."

임현정이 전혀 관심 없는 눈빛으로 고개를 끄덕였다.

"네."

백서연이 잠시 임현정을 바라봤다.

임현정은 소버 AI의 대표로서 해야 할 일을 하고 있었다.

하지만 그뿐이다.

그 이상의 의지는 보이지 않는다.

그저 강진식이 시켰으니까, 저 자리에 앉아 있는 것처럼 느껴진다.

백서연이 다시 입을 열었다.

"감사팀 직원들이 질문하면, 아무것도 대답하지 말고요."

"네, 그럴게요."

이번에도 영혼 없는 대답.

백서연이 미간을 찡그리며 대표실 밖으로 나왔다.

그리고 사무실을 쑥대밭으로 만들고 있는 감사팀의 직원들을 바라보며 어떻게 해결해야 하나 고민할 때였다.

백서연의 휴대폰이 진동했다.

발신 번호는 진우였다.

백서연이 휴대폰을 귀에 댔다.

"저기…… 지금 바쁘거든요?"

─해결해 드리죠.

"……네?!"

─지금 짜증 나는 그 상황, 그것도 해결해 준다고요.

"과장님…… 문제가 많으신 분이네요? 법인 카드를 사적
으로 이용했고 하청 업체에서 뒷돈까지 받으셨어요?"

소버 AI가 있는 건물의 비상계단.

그곳에서 진백그룹 전략 기획실의 사원 주동연의 목소리
가 들려왔다.

주동연의 앞에는 소버 AI의 영업 과장이 있었다.

과장이 간절한 표정으로 말했다.

"저, 저기요……. 죄송합니다. 정말 죄송해요. 어떻게 안
될까요? 다시는 안 그럴게요."

주동연이 피식 웃었다.

"월급쟁이가 뭘 어떻게 해요? 저한테 이러지 마시고……."

그때였다.

과장이 주동연의 손을 다급히 잡으며 입을 열었다.

"처, 천만 원을 드릴게요!"

"천만 원?"

"네!"

주동연은 잠시 어떤 말도 하지 않았다.

물끄러미 과장의 표정을 바라볼 뿐이었다.

과장의 표정은 진심이었다.

걸리면, 감옥에 갈 수도 있다.

차라리 천만 원을 주고 해결을 보는 게 낫다.

그리고 주동연이 깊은 생각에 빠진 것처럼 한숨을 내뱉다가 비상계단의 창문을 열어젖힌 뒤, 과장에게 담배를 건넸다.

"피우세요."

"아, 네."

그렇게 두 사람의 입에서 나온 뿌연 담배 연기가 비상계단을 채웠다.

주동연이 능글맞은 목소리로 입을 열었다.

"그러니까, 천만 원을 주신다는 거죠?"

과장이 고개를 숙이며 대답했다.

"네…… 천만 원이요."

"아이고~ 내가 뽀찌를 받아 보는 게 처음인데요. 그게 소버 AI라니까, 그것도 신기하네요. 뭐, 앞으로도 잘 부탁드립니다. 흐흐흐."

"네? 앞으로도?"

주동연이 과장의 어깨를 툭툭 치며 말을 이었다.

"교도소 가기 싫으면 한 달에 한 번씩 천만 원."

"네?"

"표정이 왜 이러실까? 빼돌리는 거 보니까, 그 정도 능력은 있으신 것 같은데."

과장이 멍한 눈으로 고개를 저었다.

"저, 저기…… 한 달에 천만 원은 무리예요."

"좋아요. 그럼, 500만 원."

"네?!"

"할 수 있어요. 파이팅! 그럼, 잘 부탁해요."

주동연이 담배를 바닥에 툭 떨어뜨린 후, 밖으로 떠났다.

혼자가 된 과장의 얼굴이 처참하게 변했다.

완벽히 약점이 잡혔다.

주동연이 한 말대로 교도소에 가기 싫으면 꼬박꼬박 돈을 갖다 바쳐야 한다.

"씨발……."

순간, 과장의 귀에 낯선 목소리가 들렸다.

"새파랗게 어린 새끼의 노예가 된 것 같은데, 살려 드릴까요?"

과장이 다급히 시선을 틀었다.

그곳에 보인 낯선 사람은 바로 진우였다.

진우는 소버 AI의 앞에서 주동연이 나오기를 기다렸고 어느 곳으로 향하는지 확인했다.

그 뒤를 쫓아 이곳에 온 거다.

그리고 지금, 진우가 미소를 그리며 과장에게 다가오고 있었다.

그리고 과장의 앞에 선 진우가 말했다.

"살려 드려?"

그날 밤.

진우는 강남의 한 룸살롱에 들어가고 있었다.

웨이터가 뛰어나와 진우의 앞에 섰다.

"몇 분이서 오셨어요?"

"먼저 온 사람이 있어."

진우가 웨이터를 스치며 룸살롱의 복도를 걸었다.

그리고 한 방 앞에 서서 천천히 문을 열었다.

어두운 공간, 상반신을 드러낸 채 팬티만 입은 여자를 끌어안고 노래를 부르는 주동연이 보였다.

그 옆에서 소버 AI의 과장이 최선을 다해 탬버린을 흔들고 있었다.

진우가 어이없다는 듯 고개를 저었다.

그리고 노래방 기계 앞으로 저벅저벅 걸어갔다.

이제야 주동연이 진우를 봤다.

주동연이 노래를 멈추고 고개를 갸웃거렸다.

웨이터가 들어왔나 싶은 거다.

그런데, 진우가 노래를 뚝 꺼 버렸다.

주동연이 황당한 표정을 지었다.

"뭐야?!"

진우가 건조한 표정으로 여자들을 보며 입을 열었다.

"분위기 파악했으면, 꺼지고."

여자들이 주섬주섬 옷가지를 챙겨 밖으로 나가려 했다.

하지만 주동연이 여자들을 팔을 잡았다.

"나가지 마."

여자들이 눈치를 보며 어쩔 줄 모르고 있었다.

그사이 주동연의 사나운 눈빛이 진우에게로 향했다.

"이 새끼야, 뭐냐고 물었잖아."

"시간 됐다."

"노래방도 아니고 시간은 무슨……."

진우가 손을 저었다.

"아니, 그 시간 말고. 네 인생이 엿 될 시간."

"어?"

그때였다.

룸살롱의 문이 열리며 또각거리는 하이힐 소리가 싸늘하
게 들려왔다.

주동연의 시선은 자연스레 그쪽으로 향했다.

그런데, 안으로 들어온 그 사람의 얼굴이 낯익었다.

'배, 백서연? 백서연이 여기를 왜?'

주동연이 멍한 눈으로 백서연을 바라봤다.

이곳에 백서연이 왜 찾아왔는지 이해하지 못한 거다.

그런데, 백서연의 뒤로 전략 기획실 감사팀의 팀장까지 나타났다.

팀장을 본 순간 주동연의 얼굴은 그대로 굳어졌다.

이제야 이해한 거다.

주동연의 시선이 소버 AI의 과장을 향해 빠르게 틀어졌다.

주동연이 과장을 쏘아봤다.

'씨발, 너야? 네가 찌른 거야?!'

과장은 눈만 껌뻑거리는 중이었다.

과장 역시 이 상황을 이해하지 못하고 있었다.

과장은 진우를 만났었고 이 난처한 상황을 해결해 줄 수 있다는 말을 들었었다.

그런데, 백서연과 전략 기획실의 팀장까지 올 줄은 몰랐다.

그사이 백서연이 천천히 공간을 둘러봤다.

팬티만 입은 여자와 역겨운 담배 냄새.

백서연의 시선이 마지막으로 진우를 향했다.

"나한테 이런 꼴을 보여 주려고 부른 것은 아닐 테고요."

"당연히 아니죠."

"그럼?"

"감사팀의 주동연 사원이 소버 AI 과장에게 천만 원을 받았습니다. 지속적으로 돈을 뜯어내기 위한 협박도 했고요."

진우의 말이 이어지는 순간이었다.

팀장의 얼굴이 일그러졌다.

"그러니까, 주동연 저 새끼가 소버 AI 과장의 잘못을 덮어주는 대가로 돈을 받았다?"

진우가 팀장을 보며 슬쩍 웃었다.

"정답."

동시에 주동연이 자신도 모르게 뒤로 물러서며 입을 열었다.

"티, 팀장님……."

"죽어, 이 새끼야!"

팀장이 술병을 들고 주동연에게 집어 던졌다.

술병이 주동연의 뺨을 아슬아슬하게 스치며 벽에 맞고 와장창 깨졌다.

주동연이 '죄송합니다!'라고 외쳤고 여자들이 비명을 질렀다.

"꺄악!"

백서연이 여자들을 향해 차갑게 말했다.

"꺅꺅거리는 거 시끄러우니까, 나가."

살인이라도 날 것 같은 분위기였다.

여자들은 살기 위해 도망치듯 밖으로 튀어 나갔다.

하지만 주동연은 그저 바들바들 떨고 있었다.

백서연이 팀장을 보며 차갑게 웃었다.

"궁금하네요. 그룹을 총괄하는 전략 기획실에서 이런 짓을 했다? 지금 이 일이 조학주 실장의 귀에 들어가면 어떻게 될까?"

조학주의 귀에 들어가면 주동연의 인생만 끝나는 게 아니다.

팀원 하나 제대로 관리하지 못했다는 이유로 팀장의 인생 역시 끝이 난다.

팀장의 얼굴이 허옇게 질리는 것은 당연했다.

"저, 저기 대표님?"

백서연은 대답 대신 자신의 휴대폰을 테이블에 올렸다.

당장이라도 조학주에게 전화를 하겠다는 압박이었다.

팀장이 구십 도로 허리를 굽혔다.

"주동연 사원은 당장 자르겠습니다."

하지만 백서연의 대답은 들려오지 않았다.

주동연을 자르는 것은 백서연에게 어떤 도움도 되지 않기 때문이다.

이런 것으로 백서연을 설득할 수는 없다.

팀장은 그것을 알고 있었다.

팀장이 허리를 바로 세우며 한숨을 내뱉었다.

그리고 다시 백서연을 보며 입을 열었다.

"이런 말씀 드리기는 좀 그렇지만…… 오늘 감사한 소버 AI, 어떤 문제도 없는 것으로 처리하겠습니다."

진우가 슬쩍 웃었다.

목표는 달성했다.

하지만 여기서 끝낼 수는 없다.

뜯어낼 게 있다면 마른오징어에서 즙까지 짜내야 한다.

게다가 상대는 전략 기획실의 감사팀 팀장이다.

짜면 짤수록 많은 정보가 질질 흐를 거다.

그래서 얄밉게 입을 열었다.

"고작?"

팀장의 시선이 진우에게 홱 틀어졌다.

"저기…… 그쪽은 누구시죠?"

"내가 누군지 알 필요는 없는데, 고작 그런 것으로 퉁치려하나요?"

"……네?"

"무게가 안 맞잖아요. 조학주 실장의 귀에 이 얘기가 들어가면, 팀장님의 인생은 끝이에요."

"……!"

"거래를 하려면 그쪽 인생을 걸고 딜을 하라고요, 무게에맞게."

백서연이 그 말이 맞는다는 듯 고개를 끄덕였고 팀장은 눈동자를 굴렸다.

하지만 아무리 생각해도 답이 나오지 않았다.

진우가 팀장의 그 고민을 해결해 줬다.

"대표님, 감사팀이 가지고 있는 물산과 금융에 대한 정보면 괜찮겠습니까?"

백서연의 눈이 반짝였다.

물산은 첫째 오빠 백윤성이 대표로 있는 곳이고 금융은 둘째 오빠 백철영이 대표로 있다.

형제간의 싸움을 하고 있는 백서연에게는 당연히 필요한 정보였다.

팀장이 고개를 저었다.

"저, 저기…… 그건……."

오너 집안의 싸움에 끼어서는 안 된다.

그건 정말 위험하다.

AI를 감사하기는 했지만, 그 이유는 백서연이 직접 소유한 게 아니었기 때문이다.

그저 계열사일 뿐이라고 생각해서다.

하지만 팀장의 의견은 중요하지 않다.

백서연이 휴대폰을 손으로 툭 건들며 말한 거다.

"전화할까요?"

팀장은 백서연의 지시를 따라야 했다.

잠시 후, 진우와 백서연이 룸살롱 밖으로 나오고 있었다.

"그러니까, 저 과장에 대한 것은 그냥 넘어가 달라고요?"

"네. 앞으로는 그런 짓을 하지 않을 테고 이번 일에 도움을 줬으니까요."

백서연이 느릿하게 고개를 끄덕였다.

"좋아요. 임현정 대표에게도 따로 말하지 않을게요."

"감사합니다."

"감사는 이진우 경장이 아니라 내가 해야 하는 건데요. 항상 고마워요. 그러니까, 필요한 게 있다면, 언제든 말씀하세요. 나도 도울 테니까요."

"도움은 이미 충분히 받고 있습니다."

"도움 받고 있다고요?"

"네."

사실이다.

백서연은 자신도 모르게 진우를 돕는 중이다.

진백에 분란을 일으키며 백철영, 백윤성과 싸우는 것, 그게 진우를 돕는 거다.

그리고 그 싸움은 지금보다 더 치열해질 게 분명하다.

감사팀에서 받은 정보를 갖고 여론전을 시작으로 치졸한 이간질까지.

형제의 우애는 사라지고 오직 돈만 좇는, 그런 피 터지는 싸움.

그들의 싸움이 격해질수록 진백의 단단한 성벽에 금이 갈 테고 진우의 복수의 순간은 가까워질 거다.

그렇게 생각할 때였다.

백서연의 입에서 뜬금없는 말이 흘렀다.

"그거 아세요? 이거 잘못됐으면, 결혼할 뻔했어요."

"……네? 결혼이요? 누가요?"

하지만 진우는 백서연의 대답을 듣지 못했다.

곧 김지원이 도착했고 백서연은 씁쓸하게 웃으며 자리를
떠났기 때문이다.

백서연과 헤어진 뒤였다.

진우는 택시를 타고 경기도 광주에 있는 강진식의 자택으
로 향했다.

밤 11시, 느닷없이 찾아온 진우를 강진식이 놀란 얼굴로
바라봤다.

"이 시간에 어쩐 일이야?"

"드릴 말씀이 있어서 찾아왔습니다."

진우는 강진식과 함께 응접실에 마주 앉았고 소버 AI의
감사가 무사히 끝날 거라고 전했다.

물론 자세한 얘기는 하지 않았다.

감사팀의 사원이 가진 비리를 알았고 그걸 이용해 팀장을
물러서게 했다는 정도만 얘기했다.

이야기를 들은 강진식이 크게 웃었다.

"이 사람아, 그런 것은 전화로 했어도 됐어."

"아뇨, 직접 말씀드리고 싶었습니다."

이것은 강진식이 장지훈 의원의 정보를 준 보답이었다.

그리고 강진식과의 인연을 끈끈하게 만들기 위한 것이기도 했다.

마지막으로 강진식은 손녀 임현정에 대한 일이라면 집착에 가까울 정도로 행동한다.

소버 AI에 대한 감사 결과가 나올 때까지 초조하게 서성거렸을 게 분명하다.

노인네가 초조한 표정으로 서성거리는 것을 두고 볼 수는 없었다.

"그리고 여쭤보고 싶은 게 있어서 찾아왔습니다."

"궁금한 게 있다?"

"네."

"물어봐. 내가 대답할 수 있는 거라면 뭐든 대답해 주지."

진우가 찻잔을 내려 두며 강진식을 바라봤다.

그리고 툭 던지듯 입을 열었다.

"어르신은 그룹에서 소버 AI를 감사한다는 것을 알고 계셨죠?"

전략 기획실은 조학주의 허락이 있어야 움직일 수 있다.

그런데 조학주의 성격상 강진식과 껄끄러운 관계를 만들고 싶지는 않았을 거다.

즉 소버 AI에 감사가 들어가기 전, 강진식을 만나 그 일을 알렸을 게 분명하다.

진우의 목소리가 이어졌다.

"소버 AI가 감사를 받도록 놔두신 이유가 궁금합니다."

강진식이 묘한 눈으로 진우를 바라봤다.

손바닥으로 소파의 팔걸이를 툭툭 치며 생각에 빠졌다.

그리고 고개를 끄덕, 다시 진우를 바라보며 입을 열었다.

"어쩌면 현정이가 진백 엔터의 대표가 될 수도 있다고 생각했어."

"……임현정 양이 진백 엔터의 대표가 될 수도 있었다고요?!"

생각해 보면, 지난번 적대적 M&A에서도 조학주는 강진식을 꼬드겨 백서연을 밀어내려고 했었다.

즉, 이번 소버 AI의 감사도 강진식이 조학주와 손잡았을 수 있다.

진우가 마른 입술을 핥으며 살짝 고개를 숙였다.

"혹시 제가 어르신의 계획을 망친 겁니까?"

강진식이 손을 저으며 껄껄 웃었다.

"아니야. 소버 AI의 감사는 나도 기분이 언짢았어. 그놈들 집안싸움에 우리 현정이가 낀 꼴이었거든."

"네?"

강진식이 진우를 향해 상체를 기울이며 속삭였다.

"진우령이 백서연을 시집보낼 수도 있다는 첩보를 들었어."

진우령은 백서연의 엄마다.

"백서연이 진백 엔터를 맡은 그 짧은 시간에 얼마나 많은 사건 사고가 있었나? 차세대 여성이라는 평가를 받고 있지만, 그건 언제든 깨질 수 있는 허울이야. 진우령은 그 허울이 깨지기 전에 백서연을 시집보낼 생각이었던 게지."

"……!"

"소버 AI는 백서연에게 현실을 알려 줄 명분이었을 뿐이야."

진우의 머릿속에 방금 봤던 백서연의 씁쓸한 미소와 백서연이 했던 말이 떠올랐다.

"그거 아세요? 이거 잘못됐으면, 결혼할 뻔했어요."

백윤성과 백철영이 나서서 소버 AI를 감사하려 했던 것은 껍데기였다.

그 알맹이에는 진우령이 있었던 거다.

강진식의 목소리가 이어졌다.

"고작 돈 때문에 딸을 시집보내려 하고 형제지간에 물어뜯는 게 재밌지 않나?"

"재밌네요."

재밌는 것을 떠나 어처구니가 없었다.

"그렇지. 자네라면 재밌을 줄 알았어. 그래서 이번 소버 AI의 감사는 나도 흥미롭게 지켜보는 중이었어."

"어르신의 재미를 망쳐서 죄송합니다."

"아니라니까. 이것도 재밌어. 진우령이 또 어떤 짓을 할지 기다리는 것도 재미야."

그리고 강진식이 책꽂이로 향하더니 서류 하나를 꺼내 자리로 돌아왔다.

그것을 진우의 앞에 툭 던지며 입을 열었다.

"선물이야."

얼마 전에도 강진식은 장지훈 의원의 비리를 알려 줬었다.

그런데, 또 진우에게 뭔가를 주고 있다.

진우가 의문 가득한 눈으로 바라보자 강진식이 빙긋이 웃었다.

"자네는 내 재미를 더해 주고 있어. 이건 그에 대한 보답이야."

진우는 조용히 강진식의 눈동자를 바라봤다.

강진식의 눈빛은 예전과 같다.

여전히 광기로 채워져 있다.

잠시 후, 택시였다.

집으로 향하던 진우는 깊은 생각에 빠져 있었다.

오늘 강진식과 대화한 내용에 대해 생각하는 중이었다.

'그러니까, 진백 엔터를 포기하지 않고 있다는 거지?'

강진식은 여전히 진백 엔터를 노리고 있었다.

자신이 세상을 떠난 뒤에 혼자 남겨질 손녀 임현정을 걱정하기 때문이다.

임현정에게 소버 AI보다 더 안전한 보호 장치를 해 주고 싶은 마음이다.

진우가 창밖을 보며 고개를 저었다.

강진식의 손녀를 위한 마음은 조학주와의 싸움에서 변수가 될 거다.

도움이 될 수도 있지만, 어쩌면 최악의 상대가 될 수도 있다.

진우는 턱을 매만지며 강진식이 준 서류를 펼쳤다.

'……어?'

서류에는 최근 조학주가 만나고 다니는 사람들이 적혀 있었다.

대부분이 정치인이다.

그들의 이름과 간단한 정보가 보였다.

그런데, 진우의 시선이 한 곳에서 멎었다.

'김대상?'

김대상 의원은 대한당 최고위원 중 한 명이다.

그 인간에 대한 것이 꽤 자세히 적혀 있었다.

집 나간 아들과 연락이 안 된다는 것부터 어디서 어떤 뇌물을 받았는지에 대한 것까지.

그런 김대상 의원의 뒷주머니를 확실히 책임지는 곳이 백서연의 둘째 오빠 백철영이 대표로 있는 진백 금융이었다.

진백 금융은 김대상 의원에게 따박따박 돈을 갖다 바치고 있었다.

'뭐지?'

진백에서 정치인에게 돈을 주는 것은 이상한 일이 아니다.

하지만 이런 식으로 정기적으로 돈을 주지는 않는다.

뭔가 이상했다.

백동하가 사망한 후, 진백의 시스템이 바뀌고 있는 게 느껴졌다.

그런데, 생각하던 진우가 피식 웃었다.

바뀐 시스템을 생각할 필요는 없다.

지금은 강진식이 어떤 이유로 백철영에 대한 정보를 줬는지에 대한 것을 생각해 봐야 한다.

그리고 진우는 그 이유를 예측할 수 있었다.

강진식은 진우가 진백 금융과 김대상 의원의 비리를 밝히기를 바란다.

그것은 진백이 혼란에 들어서는 그 첫걸음이기 때문이다.

강진식은 그 혼란을 틈타 움직일 게 분명하다.

자신의 손녀가 진백에 확실히 중심을 잡을 수 있도록 만들 생각인 거다.

'이 미친 노인네가……'

진우의 입가에 서늘한 미소가 걸렸다.

강진식은 진우가 만든 진백을 자신의 손녀를 위해 움직이려 하고 있었다.

하지만 진우는 강진식의 뜻에 따라 줄 생각이 전혀 없다.

강진식의 생각은 그저 활용 대상일 뿐이다.

다음 날.

진우는 김재혁 경사와 함께 순찰을 돌고 있었다.

김재혁 경사가 하품을 하며 운전하는 진우를 봤다.

"잠 못 잤냐?"

"집안에 일이 있어서요."

어젯밤, 진우는 집에 도착해서도 강진식이 준 자료를 머릿속에 집어넣느라 바빴다.

그리고 진백 금융과 김대상을 어떻게 엮을 수 있을지 계속해서 고민했다.

진우는 서안시의 파출소에 소속된 경찰이다.

아무리 생각해도 서울에 있는 사람들을 건들 수는 없다.

그 고민을 하느라 새벽 4시에나 잠을 잘 수 있었다.

김재혁 경사가 심심했는지 꼬치꼬치 물었다.

"집안일? 무슨 일?"

"잘 끝났으니까, 신경 안 쓰셔도 됩니다."

"아, 여자 친구가 아니었구나."

"여자 친구 없다니까요."

"야…… 내가 충고해 줄 때 들어. 계속 여자 친구 없이 지내다가는 나처럼 된다."

"아이고~ 경사님처럼 되지는 않을 겁니다."

"아니야. 넌 나처럼 될 거야."

김재혁 경사가 낄낄대며 막말을 내뱉고 있을 때였다.

근처 주택가에서 자살 의심 신고가 들어왔다.

동시에 김재혁 경사의 눈빛이 바뀌었다.

"밟아."

그렇게 도착한 곳은 낡은 빌라 앞이었다.

구급차와 소방관들이 함께 보였다.

신고를 한 사람은 집주인이었다.

"월세가 두 달이나 밀려서 와 봤는데요. 문은 잠겨 있고 고지서만 가득해서요."

김재혁 경사가 우편함에서 고지서를 뽑아 손에 들었다.

그사이에도 집주인의 목소리는 계속됐다.

"아래층 아가씨한테 들어 보니까, 맨날 죽고 싶다는 말을 입에 달고 살았대요. 밤낮으로 소주만 마셨고요. 그래서 며칠 전부터 와 봤는데, 인기척이 없는 거예요."

그래서 집주인이 빌라 입구의 CCTV를 확인해 봤는데, 들어가는 것만 보이고 나오는 것은 안 보였던 거다.

1년 전 이곳에 온 남자는 이십대 중반이다.

직업은 특별히 없어 보였고 매일같이 여자를 바꾸어 만났다고 한다. 그리고 돈이 떨어지면, 직업소개소를 찾아 공장 일을 했다고 했다.

김재혁 경사가 힐끗 진우를 봤다.

"벨 눌러 봐."

진우가 고개를 끄덕인 후, 계단을 걸어 3층에 올랐다.

벨을 눌러 봤지만, 당연히 반응은 없다.

그때, 집주인이 다급히 말했다.

"문은 부수면 안 돼요!"

집주인은 죽었을지도 모르는 남자가 아닌 자신의 재산을 걱정하고 있었다.

이러면 방법은 하나다.

벽을 타고 올라가서 창문을 여는 거다.

진우는 다시 1층으로 내려와 반대편으로 향했다.

다행히 베란다 창문이 열려 있었다.

"올라가겠습니다."

소방관들이 '어? 어? 우리가 해도 되는데.'라며 당황하는 사이 진우는 이미 벽을 탔다.

가스관을 손으로 잡고 창틀을 밟으며 능숙하게 오르고 있었다.

소방관 한 명이 황당한 표정으로 김재혁 경사를 바라봤다.

"김 경사, 저거 누구야?"

경찰관과 소방관은 한 지역에서 오래 근무하며 함께하는 일이 종종 있다.

그래서 두 사람은 서로를 알고 있었다.

김재혁 경사가 픽 웃으며 답했다.

"우리 파출소 꼴통."

"꼴통은 너 아니야?"

"타이틀 뺏겼다~."

그사이 진우는 어렵지 않게 3층까지 올랐고 베란다 창문을 열어젖혔다.

"안으로 들어갑니다."

진우의 말에 아래서 김재혁 경사가 외쳤다.

"혹시 모르니까, 휴대폰으로 동영상 촬영해!"

"네!"

진우가 대답하며 안으로 들어갔다.

불이 꺼진 거실은 엉망진창이었다.

거실 바닥에 놓인 냄비에는 먹다 만 라면이 눌어붙어 있었고 소주병이 굴러다녔다.

진우가 천천히 방으로 향했다.

그리고 남자의 발이 허공에 떠 있는 것을 봤다.

잠시 후, 소방관들은 남자를 끌어내 들것에 올리고 있었다.

그것을 지켜보던 김재혁 경사가 손에 든 고지서를 보며 말했다.

"유서 같은 것도 안 보이고 싸운 흔적도 없고. 돈 때문에 극단적인 선택을 한 걸까?"

대답은 소방관이 했다.

"그렇겠지? 월세도 두 달이나 밀렸다고 하니까."

김재혁 경사의 시선이 들것에 실린 남자를 향했다.

"잠깐."

김재혁 경사가 소방관들을 멈춰 세웠다.

그리고 그 앞으로 다가가 한쪽 무릎을 꿇어 앉아 남자의 목을 자세히 들여다봤다.

그러면서 진우를 향해 손짓했다.

"이리 와 봐."

진우는 김재혁 경사의 눈빛을 봤다.

평소의 장난기는 없다.

짐승 같은 분노도 보이지 않는다.

냉랭하면서도 건조하다.

이럴 때의 김재혁 경사는 건들면 안 된다.

시키면 따라야 한다.

진우가 가까이 다가서자 김재혁 경사가 입을 열었다.

"이상하지?"

김재혁 경사가 손가락으로 가리킨 것은 삭흔, 끈이 목을 압박한 흔적이었다.

소방관이 한숨을 내뱉었다.

"김 경사, 또 살인 의심하는 거지? 그런 의심 하지 마."

그때 진우가 입을 열었다.

"깔끔하네요."

"그래, 부사수님도 깔끔하다잖아."

"김재혁 경사님 말대로 살인인 것 같습니다."

진우의 말에 소방관이 눈을 찡그렸다.

"뭐요?"

진우가 몸을 일으키며 소방관을 바라봤다.

"다들 스톱! 지금부터 제 지시에 따라 움직이세요! 현장 보존해야 합니다!"

소방관이 눈을 깜빡였다.

대체 뭔 소리인가 했던 거다.

그러자 김재혁 경사가 몸을 일으키며 설명했다.

"잘 들어. 아무리 자살을 원하는 사람이라 해도 숨이 막혀 오면, 무의식적으로 끈을 끊어내려 하거든? 몸이든 목이든 닥치는 대로 긁는다고. 그런데 봐 봐. 손톱자국 같은 게 있나!"

소방관이 시신을 확인했다.

김재혁 경사의 말대로 그런 흔적은 없었다.

"그럼, 지금부터 우리 말을 따라 줘야겠지?"

소방관이 고개를 끄덕이자 김재혁 경사가 경찰서에 연락을 했고 곧 강력팀과 과학수사팀이 도착했다.

이번에 온 팀은 강력4팀.

김재혁 경사가 곡언 파출소로 오기 전에 있었던 그 팀이었다.

강력4팀과 김재혁 경사는 어떤 인사도 나누지 않았다.

그저 파출소 경찰이 형사들에게 사건 현장을 설명한 것, 딱 거기까지였다.

극단적일 정도로 건조했다.

아니, 건조한 것을 넘어 경계하는 것처럼 느껴졌다.

그리고 진우는 한쪽 벽에 등을 기대고 서서 김재혁 경사와 강력4팀을 지켜봤다.

진우의 머릿속에 방금 소방관이 한 말이 떠올랐다.

"김 경사, 또 살인 의심하는 거지?"

진우가 중얼거렸다.

"……또?"

그때, 김재혁 경사가 진우의 옆에 섰다.

"가자."

"네."

진우는 김재혁 경사에게 '또?'라는 말의 의미를 묻고 싶었지만 참았다.

강력4팀과 왜 그렇게 냉랭한지 궁금했지만 그것 역시 묻지 않았다.

그만큼 김재혁 경사의 얼굴은 굳어 있었다.

그렇게 진우는 김재혁 경사와 함께 계단을 지나 1층으로 향했다.

1층에서는 집주인이 강력4팀 팀장을 보며 애원하고 있었다.

"자살이라는 거 소문 안 나게 해 주세요! 저 방에 세입자 안 들어오면 우리 큰일 난다고요!"

김재혁 경사가 그들을 스친 뒤, 진우에게 말했다.

"참 엿같지 않냐?"

"뭐가요?"

"사람이 죽었는데, 다른 세입자 찾을 생각부터 하고 있는 거."

그런데 진우에게서 뜻밖의 반응이 돌아왔다.

"당연한 거 아니에요?"

"응?"

"저 집주인은 평생 동안 돈을 벌어서 저 집 한 채를 샀을 텐데, 누군지 모를 사람이 와서 죽어 버린 거잖아요. 짜증 나는 게 당연하죠."

김재혁 경사가 진우를 물끄러미 바라봤다.

"참…… 사고방식이 독특해. 맞는 말을 하는 것 같은데,

재수 없어."

"가시죠."

그때였다.

사건의 현장에서 형사 한 명이 다급히 내려와 4팀 팀장의 앞에 섰다.

"팀장님?!"

"왜?"

"죽은 사람이 있잖아요!"

"뭔데?"

"김대상 의원 아들이래요."

"김대상?"

"대한당 최고위원이요!"

진우의 발걸음이 뚝 멎었다.

그리고 천천히 그들을 향해 시선이 틀어졌다.

'김대상 의원?'

강진식이 준 자료에 적혀 있었다.

김대상 의원은 아들과 연락이 안 된다고.

그 아들이 서안시에서 살해를 당한 거다.

—제 아들의 죽음…… 그 진실을 밝혀 주십시오. 그 착한 녀석이……

제 아들이!

며칠 후, 밤.
진우는 집에 앉아 텔레비전을 보고 있었다.
화면에는 김대상 의원이 보였다.
김대상 의원은 말을 잇지 못한 채 고개를 숙이고 있었다.
이어서 짐승처럼 울부짖었다.

─제발…… 범인을 잡아 주십시오! 꿈 많은 아들을 한순간에 잃은 아
비로서 부탁드립니다!

김대상 의원의 처절한 목소리가 이어질 때였다.
지이이잉. 진우의 휴대폰이 진동했다.
발신번호는 장지훈 의원의 보좌관 박우현이었다.
진우가 휴대폰을 귀에 댔다.
"네, 말씀하세요."
─지금 볼 수 있을까?
진우가 시선을 틀어 벽시계를 바라봤다.
오후 8시.
박우현이 이 늦은 시간에 이유 없이 보자고 할 이유는 없다.
"네, 괜찮습니다."

집 근처 커피숍이었다.

진우가 커피를 내려 두며 앞을 바라봤다.

맞은편에 앉은 박우현이 다급한 목소리로 입을 열었다.

"김대상 의원의 아들! 자네가 그 사건의 첫 목격자라고 들었어! 경찰에서 발표하지 않은 내용이 있나?!"

진우가 고개를 갸웃거렸다.

"발표하지 않은 내용이요?"

"다른 곳도 아닌 서안시에서 일어난 일이잖아. 당 최고위원의 아들이 여기서 세상을 떠났는데, 장지훈 의원님의 마음이 안 좋은 것이 당연하지. 그래서 김대상 의원님께 위로될 만한 게 있을까 해서 묻는 거야."

위로라니, 말도 안 되는 개소리다.

김대상 의원은 대한당의 거물 중 하나.

권력의 중심에 들어가기를 꿈꿨던 장지훈 의원에게 이번 사건은 기회였다.

경찰이 공개하지 않은 정보를 김대상 의원에게 전하며 친분을 쌓으려 하는 거다.

진우는 그 목적을 똑똑히 예상할 수 있었다.

진우가 다리를 외로 꼬며 입을 열었다.

"죄송한데, 제가 알고 있는 것도 경찰에서 발표한 게 전부예요."

"······그래?"

박우현의 눈에 실망의 기색이 스쳤다.

하지만.

"그래도 한번 알아볼 수는 있을 것 같네요."

기대를 저버리지 않는 진우의 말에 박우현의 눈빛이 반짝였다.

"그, 그래 줄 수 있겠나?"

"네."

박우현의 입가에 미소가 걸렸다.

"고마워. 다른 경찰들에게 물어봤는데, 다들 잘 모른다고 입을 다물더라고. 역시 이진우 경장이 최고야."

진우가 박우현의 입발림을 들으며 슬쩍 웃었다.

장지훈 의원은 누군가의 죽음까지 이용하려는 악인이다.

하지만 악인이라 마음에 든다.

그리고 그 악인이 성장해야 진우의 계획에도 도움이 된다.

잘 키운 꼭두각시는 훗날 큰 도움이 될 거다.

또한 김대상 의원은 진백 금융에서 용돈을 받고 있는 사람이다.

진우는 이번 일을 진행하며 김대상 의원에게 가까워진다면, 그놈까지 이용할 수 있을 거라고 생각했다.

박우현과 헤어진 뒤, 진우는 집으로 가지 않고 주택가로 향했다.

그리고 사건이 일어난 빌라 앞에 섰다.

천천히 주변을 살피던 진우의 시선이 문 위에 달린 CCTV에서 멎었다.

강력팀에서 저 CCTV를 몇 번이고 살펴봤지만, 의심되는 사람은 없었다고 한다.

그리고 과학수사대에서는 김대상 의원의 아들이 약물에 의해 의식을 잃었고 그 상태에서 살해당했다고 전했다.

마지막으로 프로파일러는 범인이 중졸이나 고졸일 가능성이 높으며 면식범에 의한 살인일 거라는, 누구나 예상할 수 있는 말을 던졌다.

진우는 경찰의 수사 기록을 떠올리며 천천히 시선을 들었다.

베란다 창문이 보였다.

'CCTV에 잡히지 않았다면, 저기로 들어간 걸까?'

가능성은 높다.

3층이기는 하지만 진우 역시 어렵지 않게 올랐었다.

더구나 베란다 창문이 열려 있었던 것을 생각하면, 범인이 저곳으로 드나들었을 가능성이 더 높아진다.

진우는 주변에 아무도 없는 것을 확인한 후, 팔을 뻗어 가스관을 잡았다.

그리고 다시 3층으로 올라가서 베란다 창문을 열었다.

이번에도 창문은 열려 있었다.

진우는 거침없이 창문을 통해 집 안으로 들어갔다.

밤이었기에 공간은 어두웠다.

하지만 불을 켤 수는 없다.

진우는 이곳에 허가를 받고 들어온 게 아니라 몰래 들어왔기 때문이다.

진우는 휴대폰의 손전등 어플을 켰다.

그리고 그 불빛에 의존해 집 안을 살폈다.

현장은 아직 보존된 상태였다.

며칠 전 본 냄비에 눌어붙은 라면도 그대로 있었다.

물끄러미 라면을 바라보던 진우는 쓰레기통으로 향했다.

그리고 쓰레기통을 열었다.

'라면 봉지가 2개?'

그때였다.

진우의 머릿속에서 능력이 시작됐다.

그것은 흑백, 과거를 보여 주는 것이었다.

그곳에 나타난 것은 바로 이 빌라, 이 거실이었다.

형광등이 켜진 거실은 밝았고 현관에서는 김대상 의원의 아들이 신발을 벗으며 들어오고 있었다.

아들이 앞을 보며 입을 열었다.

"오면, 온다고 전화라도 하지. 주인 없는 집에 막 들어오는 게 어딨냐?"

아들보다 먼저 이 집에 들어온 누군가가 있었던 거다.

하지만 그 누군가의 얼굴은 보이지 않았다.

오직 아들의 모습만이 보이고 있었다.

아들이 주방으로 향하며 말을 이었다.

"라면 먹을래?"

아들은 냄비를 가스레인지에 올린 후, 라면 2개를 꺼냈다.

그러면서 다시 누군가가 있는 곳을 향해 시선을 틀었다.

"왜 말이 없어? 설마, 돈 때문에 그래? 가서, 전해. 다음 달 말에 큰돈 들어올 게 있으니까, 걱정하지 말고 기다리라고. 이 자도 겁나게 줄 테니까, 걱정하지 말라고 해."

"……."

"씨발, 내가 돈 떼먹을 것 같아?!"

아들이 인상을 찌푸리며 다 끓인 라면을 들고 거실로 이동했다.

작은 상에 라면이 놓였고 아들은 누군가와 함께 라면을 먹기 시작했다.

그리고 드디어 누군가의 목소리가 들렸다.

"소주 없냐?"

걸걸할 정도로 쉰 것 같은 목소리.

말투 또한 건들거린다.

누군가의 첫말에 아들이 히죽 웃었다.

"반병 남은 거 있는데, 마실래?"

아들이 냉장고에서 소주를 가져왔다.

아들의 말대로 반병만 남아 있었다.

아들은 소주병을 기울여 잔을 채웠고 누군가와 건배했다.

그리고 한 잔을 마시더니 고개를 갸웃거리며 중얼거렸다.

"맛이 왜 이래?"

그게 끝이었다.

아들은 기절하는 것처럼 쓰러졌다.

그리고 누군가가 장갑을 끼기 시작했다.

장미꽃 문신이 있는 손목을 마지막으로 능력이 끝났다.

진우의 눈에는 다시 쓰레기통의 라면 봉지가 보이고 있었다.

'뭐야?'

범인의 얼굴은 끝까지 나오지 않았다.

손목에 장미꽃 문신이 있는 게 전부였다.

진우가 입술을 쓸며 능력을 통해 본 것을 계속해서 떠올렸다.

그 안에서 아들은 돈 문제를 언급했었다.

'……사채를 썼었나?'

진우는 곧 고개를 저었다.

사채업자는 사람을 죽이지 않는다.

죽으면 돈을 받아 낼 수 없기 때문이다.

사채업자는 사람을 살려 둔 상태로 골수까지 뽑아먹는다.

진우는 생각을 이어 가며 냉장고를 열어 안을 확인했다.

능력에서 본 것을 떠올리면 아들은 소주를 마신 뒤, 정신을 잃었다.

그것은 범인이 소주에 약을 탔다는 뜻이다.

그래서 진우는 그 소주병이 아직 존재하는지 확인하려 했다.

하지만 쓰레기통도 그랬고 냉장고에서도 소주병은 보이지 않았다.

그곳엔 냉동식품만 가득했다.

진우가 냉장고 문을 닫으며 몸을 틀었다.

이제 이곳에 있을 이유는 없다.

들어올 때는 범인의 행동을 예상하기 위해 베란다로 들어왔었다.

하지만 나갈 때까지 그럴 필요는 없다.

진우는 현관으로 향했고 문을 열었다.

그런데, 앞에 시커먼 남자들이 가득했다.

여간해서 놀라지 않는 진우가 깜짝 놀랐다.

앞에 있던 남자들도 놀랐는지 '깜짝이야!'라고 외치며 주춤주춤 물러섰다.

그들은 강력4팀의 형사들이었다.

형사들이 멍하니 진우를 바라봤다.

"이진우?"

진우의 얼굴은 경찰서에서 유명하다.

그리고 사건이 처음 벌어졌을 때, 그들은 이곳에서 진우와 마주했었다.

진우가 살짝 고개를 숙였다.

"곡언 파출소 이진우 경장입니다."

"네가 여기에 왜 있어?"

"확인해 볼 게 있어서요."

"확인? 네가 뭘 확인해? 네가 형사야?!"

진우가 강력4팀 형사들의 얼굴을 바라봤다.

그들의 눈빛에서부터 적대적인 느낌이 가득했다.

그것은 진우가 이곳에 멋대로 들어왔기 때문이 아니었다.

자세한 이유는 모르겠지만 말 그대로 진우를 싫어하는 것 같았다.

뭐, 경찰서 경찰들이 진우를 싫어하는 것은 알고 있었다.

하지만 이들이 보이는 눈빛은 조금 더 원초적이었다.

그때, 계단의 아래서 느릿한 목소리가 들려왔다.

"이진우 경장? 저 사람이 그 유명하신 김재혁 경사의 파트너인가요?"

뺀질뺀질하게 생긴 얼굴.

경찰대 출신의 강력팀 형사, 계급은 경위였다.

놈이 거만하게 계단을 올라와 진우의 앞에 섰다.

그리고 천천히 진우의 얼굴을 살피며 입을 열었다.

"그래, 확인은 잘 끝났어요?"

"네, 뭐."

"뭘 확인했는데요?"

"그러니까……."

진우가 설명을 하려 했다.

그런데 놈이 손을 저으며 진우의 입을 막았다.

"됐어요. 안 들어도 됩니다. 파출소 경장이 확인해 봤자 특별할 게 있겠어요?"

"……네?"

"대신 하나만 물어볼게요. 여기 살펴본 거, 김재혁 경사가 시킨 거예요?"

"아뇨."

놈은 진우의 얼굴을 빤히 바라봤다.

그러다가 픽 웃으며 말을 이었다.

"김재혁 경사한테 좀 전해 주세요. 파출소에서 그만 까불고 이제 다시 강력팀으로 오라고요. 얼마나 잘났는지 내 눈으로 직접 보고 싶으니까요."

"……!"

"그리고 이제 이곳엔 얼굴 내밀지 마세요~. 방해만 되니까."

놈은 그 말을 남기고 강력4팀 형사들과 그 집으로 들어갔다.

문이 '쾅!' 닫히는 소리를 들으며 진우는 황당한 표정을 지었다.

'안 되겠네……'

진우는 정치권이 연계된 사건이라 나서지 않으려 했다.

적당히 증거를 찾아 강력4팀에 넘기려 했던 거다.

하지만 안 되겠다.

저놈의 실적에 도움 되는 짓은 하고 싶지 않다.

진우는 이 사건을 무조건 해결해야겠다고 생각했다.

진우는 휴대폰을 꺼내 양아치 손봉식의 연락처를 찾았다.

그리고 통화 버튼을 누르며 계단을 내려갔다.

"얼굴 좀 보자."

잠시 후, 진우는 유흥가의 외곽에 서 있었다.

밤 11시.

술에 취한 사람들이 이곳저곳에서 보이고 있었다.

'술 좀 곱게 마시지……'

경찰이 되기 전에는 다른 사람이 술을 처마시든 말든 상관
도 안 했었다.

하지만 이제는 아니다.

취객들이 저지를 사건 사고를 생각하면, 근무시간이 아니
도 끔찍했다.

그렇게 생각하고 있을 때였다.

손봉식의 목소리가 시원하게 들렸다.

"형님~."

손봉식이 진우의 앞에 섰다.

"아이고~ 오랜만에 연락하셨어요. 그래, 이번에는 어떤 일이에요?"

진우가 휴대폰을 꺼내 손봉식에게 화면을 보였다.

화면에는 김대상 의원의 아들 사진이 있었다.

"애 알아?"

손봉식이 고개를 끄덕였다.

"알죠. 국회의원 아들이잖아요? 텔레비전에 계속 나오는데, 모를 수가 있겠어요?"

"여기서 본 적 있어?"

"모르겠는데요."

"그럼, 이쪽 사채업자들 중에 손목에 장미 문신 있는 애 있어?"

"장미 문신이요?"

손봉식이 고개를 갸웃거리며 생각에 빠졌다.

하지만 곧 고개를 저었다.

"모르겠는데요."

"몰라?"

"네, 모르겠어요. 제가 이 동네 사채 애들을 전부 알 수는 없잖아요. 그런데……."

"그런데?"

"사채업자는 아닌데요, 여자 장사하는 놈이 있거든요? 그놈 손목에 문신이 있었던 것 같아요."

"여자 장사?"

"매춘이요, 매춘. 한번 자세히 알아볼까요?"

손봉식이 움직이면, 그놈에 대해 빠르게 확인할 수 있을 거다.

하지만 진우는 고개를 저었다.

"아니, 됐어. 그놈 연락처만 알아봐."

진우는 직접 장미 문신을 찾으려 했다.

소리 소문 없이 김대상 의원의 아들을 죽인 놈이다.

능력에서 본 것을 떠올리면, 놈은 살인에 익숙했다.

손봉식이 자신의 그림자를 쫓는다는 것을 알게 된다면, 놈은 손봉식도 죽일 수 있다.

그런 상황은 피해야 했다.

다음 날.

순찰을 하던 중이었다.

진우가 운전석에 앉으며 김재혁 경사에게 테이크아웃 커피를 건넸다.

"드세요."

김재혁 경사가 눈을 찌푸리며 천천히 진우를 쏘아봤다.

김재혁 경사의 눈에는 의심과 경계의 빛이 가득했다.

"뇌물이냐? 사고 쳤어?"

"네?"

"무슨 잘못 했냐? 그런 게 아니고서야 네가 나한테 커피를 살 이유가 없잖아?"

진우가 어깨를 으쓱거렸다.

그러자 김재혁 경사가 답답한 표정으로 말을 이었다.

"할 말 있으면 빨리 해. 눈치 보지 말고."

"경찰서를 털고 싶어서요."

"……뭐? 뭘 털어?"

"증거품 보관소에서 확인하고 싶은 게 있거든요."

"네가 확인할 게 뭐가 있어?"

진우는 파출소 경찰이다.

증거품 보관소에 들어갈 이유가 없다.

하지만.

"며칠 전에 김대상 의원 아들이 죽은 사건 있잖아요. 의심되는 게 있는데, 그게 증거품 보관소에 있대요."

"그런 게 있다면 강력4팀 애들 실력 좋으니까 그쪽에 전달하고, 넌 신경 쓰지 마라."

"이미 해 봤죠. 그런데 그쪽에서 제 말을 안 듣더라고요."

"응?"

"파출소 경장이 확인해 봤자 특별한 게 있겠냐고 무시하면서, 김재혁 경사님이 얼마나 잘났는지 보고 싶다고 낄낄거렸어요."

김재혁 경사가 어이없다는 듯 고개를 저었다.

"낄낄거렸다는 새끼, 그거 경위지?"

"아세요?"

"건방진 새끼라는 것은 알고 있다."

진우가 커피를 입에 댄 후, 김재혁 경사를 바라봤다.

"저는 그 건방진 새끼한테 엿 먹이고 싶은데, 경사님은 어떻게 생각하세요?"

김재혁 경사는 잠시 어떤 말도 하지 않았다.

창밖을 바라보며 깊은 생각에 빠져 있었다.

그리고 곧 결심한 듯, 천천히 진우를 바라봤다.

"오랜만에 형사 놀이 한번 하자. 그래, 의심 가는 게 뭐야?"

김재혁 경사가 움직이기로 마음먹었다.

판이 깔렸으면, 거침없이 움직여야 한다.

진우가 입을 열었다.

"김대상 의원의 아들이 성매매 업자와 친구였다는 첩보를 들었습니다."

"성매매 업자?"

"정확한 것은 아닌데요. 사건이 일어난 날, 그놈이 그 근처에서 얼쩡댔다는 애기가 있어서요."

"그래서?"

"김대상 의원의 아들. 그 사람의 휴대폰을 확인하면, 제가 확인한 첩보가 사실인지 거짓인지 알 수 있겠죠."

"그러니까, 휴대폰에 성매매 업자의 연락처가 있는지 확인하자?"

"네."

김재혁 경사가 픽 웃으며 손가락으로 앞을 가리켰다.

"출발."

진우와 김재혁 경사는 경찰서에 도착했다.

그리고 김재혁 경사가 흡연장에 서서 성무택 경사에게 전화를 걸었다.

"내려와."

성무택 경사는 여청계 형사다.

지난번 외국인 성매매 사건 때 함께했던 사람으로, 진우와 누가 빨리 결정적 단서를 찾아내는지 내기를 했다가 난처한 상황에 빠질 뻔했던 그 경찰이었다.

물론 지금은 곡언 파출소와 잘 지내는 몇 안 되는 사람 중 하나다.

"아이고~ 바쁘신 양반들이 경찰서에는 어쩐 일이야? 순찰 안 돌아?"

"뺑뺑이 돌다 왔으니까, 우리 걱정할 필요는 없다."

김재혁 경사가 성무택 경사에게 담배를 건네며 말을 이었다.

"그건 그렇고 김대상 의원 아들 사건, 분위기 어때?"

"죽을 맛이지. 서장님부터 시장, 국회의원까지 범인 빨리 잡으라고 지랄이다, 지랄이야."

성무택 경사가 담배 연기를 내뱉다가 고개를 갸웃거렸다.

"그런데 갑자기 그건 왜 물어봐?"

김재혁 경사가 진우의 어깨를 휘감으며 씩 웃었다.

"우리 이진우 경장의 운발이 최고인 건 알지?"

"응?"

"증거품 보관소 구경 좀 하자."

"뭐?!"

"싫다고 하지 마. 우리 이진우 경장이 여청계 파견 나가서 굴렀던 거 빚 갚는다고 생각해."

성무택 경사가 물끄러미 진우를 바라보며 물었다.

"뭔가 있다?"

대답은 김재혁 경사가 했다.

"확실하지는 않으니까, 캐묻지도 말고."

성무혁 경사가 고개를 끄덕였다.

"오케이. 가 보자."

진우와 김재혁 경사는 성무혁 경사의 안내를 받아 증거품 보관소로 들어갔다.

　　김대상 의원의 아들이 사용했던 휴대폰을 찾았고 양아치 손봉식이 알아낸 성매매 업자의 연락처가 저장되어 있는지 확인했다.

　　그리고 그 번호를 찾았다.

　　진우가 김재혁 경사에게 눈짓했다.

　　'있습니다.'

　　그 눈빛을 알아챈 김재혁 경사가 고개를 끄덕이며 성무택 경사를 바라봤다.

　　"땡큐. 확인 끝났다."

　　상황을 모르는 성무택 경사는 황당하기만 했다.

　　"……벌써?"

　　"어, 끝났어. 그럼 간다. 수고~."

　　보관소에서 나온 진우와 김재혁 경사가 엘리베이터 앞에 섰다.

　　그리고 엘리베이터의 문이 열렸다.

　　그런데 그 안에 진우가 어제 만났던 그 뺀질뺀질한 놈이 타고 있었다.

　　진우에게 김재혁 경사가 얼마나 잘났는지 보고 싶다고 했던 그놈이었다.

　　진우를 알아본 그놈이 입을 열었다.

"또 보네요?"

"네, 또 보네요."

진우와 김재혁 경사가 엘리베이터에 올랐다.

그놈이 김재혁 경사를 보며 비아냥대듯 말했다.

"김재혁 경사, 이쪽에는 왜 계속 기웃거리는 거예요? 이쪽이 그리우면 넘어오세요. 다른 사람들은 반대해도 난 대환영이니까."

"……."

"그게 싫으면, 기웃거리지 마세요. 파출소 경찰로서 동네치안 유지에 힘쓰면 되는 겁니다." ·

김재혁 경사가 느릿하게 시선을 틀어 그놈을 바라봤다.

"저기, 나랑 같이 일해 본 적도 없으면서 왜 계속 시비를 텁니까?"

놈이 피식 웃었다.

"몰라서 묻나? 사고 치고 파출소로 쫓겨났으면 얌전히 있어야지, 왜 나대고 다닙니까? 조심하세요. 그러다가 또 사람 죽이면 안 되잖아요?"

사람을 죽이면 안 된다는 말에 김재혁 경사가 멈칫거렸다.

김재혁 경사의 평소 성격이었다면, 계급이고 뭐고 이놈을 갈아 버렸을 거다.

그런데 지금은 달랐다.

엘리베이터가 1층에 도착할 때까지, 어떤 말도 하지 않고 놈을 노려보는 게 전부였다.

"그럼, 또 봐요~."

놈이 살짝 고개를 숙인 후, 먼저 내렸다.

김재혁 경사가 놈의 뒷모습을 노려보며 주먹을 꽉 쥐었다.

그 주먹이 바들바들 떨리고 있었다.

잠시 후, 진우와 김재혁 경사는 순찰차를 타고 다시 곡언 파출소로 향하고 있었다.

진우가 운전을 하며 슬쩍 김재혁 경사의 표정을 살폈다.

'사람을 죽였다?'

물론 진짜 죽이지는 않았을 거다.

그럼, 경찰로 일하고 있을 수 없다.

하지만 놈이 한 그 말에 김재혁 경사는 심하게 동요했었다.

그래서 진우는 김재혁 경사에게 그 말의 의미를 묻고 싶었 지만, 분위기가 심각해서 잠자코 있었다.

그리고 긴 침묵 속에서 김재혁 경사가 한숨을 푹 내뱉었다.

생각의 정리가 끝났는지, 진우를 보며 입을 열었다.

"살인범 새끼, 우리가 먼저 잡자."

"걱정하지 마세요. 아까 그 새끼 웃는 얼굴에 침이라도 뱉 으려면, 먼저 잡아야죠."

빌런
경찰 이진우

"그래서, 놈이 누구인지는 확보됐다는 거지?"

"네."

"그런데, 그것만으로 잡을 수 없어. 결정적 증거가 필요해."

진우는 능력을 통해 본 것을 떠올렸다.

장미 문신은 지문을 남기지 않기 위해 장갑을 끼고 있었다.

그리고 가스관을 타고 올라간 현장은 좁은 골목이었다.

당연히 CCTV는 없었고 주차도 불가능한 공간이었기에 자동차의 블랙박스를 기대하기도 어려웠다.

즉, 증거를 찾기란 쉽지 않은 일이었다.

그럼, 남은 것은⋯⋯.

그날 밤, 10시.

서안시 중심가에 있는 오피스텔.

날카로운 인상의 남자가 누군가와 통화하며 오피스텔의 입구로 들어가고 있었다.

"누가 왔다고? 형식이 친구?"

형식은 김대상 의원의 아들 이름이었다.

그 이름이 휴대폰 너머에서 들려오자 남자의 눈빛이 찌푸려졌다.

"그 새끼 친구가 날 왜 찾아?"

—그건 잘 모르겠습니다. 할 말이 있다는데…….

"됐고. 그냥 꺼지라고 해."

—사장님 오실 때까지 안 간다고 버티고 있는데요?

"그럼, 늙어 뒈질 때까지 거기서 기다리라고 해."

—네?

"거기 안 간다고."

—네, 알겠어요.

남자가 통화를 종료하며 중얼거렸다.

"씨발……. 귀찮게 뭐 하는 거야?"

그때 남자의 휴대폰이 다시 진동했다.

남자가 인상을 구기며 휴대폰을 귀에 댔다.

"안 간다니까?"

—안 오시면 성매매로 신고할 거라고 진상을 부리는데, 어떻게 합니까?

"아오!"

남자가 짜증 난다는 듯 머리를 벅벅 긁으며 오피스텔의 건너편에 있는 상가로 향했다.

그 상가의 2층, 남자의 사무실이었다.

그곳에 앉아 있는 사람은 진우였다.

소파에 앉은 진우가 손목시계를 확인하며 입을 열었다.

"온대?"

"네? 네. 지금 온대요."

직원으로 보이는 놈이 대답했고 곧 남자가 도착했다.

남자는 고급스러운 정장에 깔끔한 헤어스타일을 하고 있었지만, 풍기는 분위기는 위험하게 느껴졌다.

"형식이 친구라고?"

"초면부터 반말을 박는구나?"

"형식이 친구라며? 굳이 존댓말을 써야 하나?"

"뭐, 그건 편할 대로 하고."

남자가 진우의 맞은편에 앉으며 물었다.

"할 말이라는 게 뭐야?"

진우는 대답하지 않았다.

남자의 손목에 시선을 집중하고 있었기 때문이다.

장미 문신이 있는지 최종적으로 확인하려는 거다.

하지만 소매가 긴 정장을 입고 있어서 잘 보이지 않았다.

그런데 놈이 테이블에 놓인 담배로 손을 뻗을 때였다.

소매 끝이 올라가며 장미 문신이 보였다.

능력 속에서 본 바로 그 문신이었다.

이제는 확신할 수 있다.

바로 이 남자가 김대상 의원의 아들을 죽였다.

남자가 진우에게 담배 연기를 내뿜으며 다시 물었다.

"할 말이 뭐냐니까?"

"내가 봤거든."

"뭘?"

"네가 형식이 죽인 거."

진우는 품속에 녹음기를 켜 놓은 채로 남자의 자백을 유도할 생각이었다.

직접적으로 살인을 거론하면 남자의 얼굴이 굳어질 거라 생각한 것이다.

하지만 아니었다.

남자가 유쾌하게 웃기 시작했다.

그리고 진우를 보며 입을 열었다.

"내가 죽였는데, 그게 왜?"

자백은 예상보다 훨씬 빨랐다.

신기한 것은 당황하기는커녕 오히려 여유가 넘친다는 거였다.

남자가 다리를 외로 꼬며 조용히 진우를 바라봤다.

"돈이라도 줘?"

"저기…… 형식이 아빠가 누군지 알지?"

"잘 알지. 김대상이잖아?"

"왜 죽였냐?"

"새끼야, 그게 궁금해서 온 게 아니잖아? 돈 필요한 거 아냐? 얼마 줘?"

"왜 죽였냐니까?"

"아, 별거 아니야. 그 새끼가 내 여자랑 잤거든."

성매매를 업으로 삼고 있는 놈이 자기 여자는 소중했나 보다.

물론 진우는 그 말을 믿지 않았다.

능력을 통해 본 것.

그 안에서 김대상 의원의 아들은 분명히 돈에 대한 얘기를 꺼냈었다.

돈이 얽히고설킨 상황에서 치정에 의한 살인은 말이 안 된다.

즉, 누군가가 장미 문신의 뒤에 있을 수도 있다는 거다.

하지만 진우는 그 말을 입 밖으로 내지 않았다.

질문을 해도 대답해 줄 것 같지 않았고 지금은 이 정도면 됐다.

숨겨진 비밀은 천천히 끄집어내면 된다.

그사이 놈의 말이 계속됐다.

"자, 이유는 들었지? 그럼, 말해. 얼마가 필요해?"

"얼마 줄 수 있는데?"

그 말과 동시에 놈이 배를 잡고 웃기 시작했다.

"이 미친 새끼야, 내가 너 같은 새끼를 잘 알아. 약점 잡고 죽을 때까지 돈 뜯어먹을 생각이지? 네가 나라면 얌전히 돈을 주겠냐?"

그리고 놈의 시선이 뒤에 서 있던 직원을 향했다.

"야, 애들 오라고 해."

"네!"

직원이 문 밖으로 뛰쳐나가자 놈이 다시 진우를 바라봤다.

"넌 여기 와서는 안 됐어. 너도 형식이 곁으로 보내 줄⋯⋯."

놈의 목소리가 줄어들었다.

뭔가 이상하다고 생각한 거다.

이 정도까지 했으면, 겁을 먹어야 한다.

그런데 앞에 앉은 진우에게 겁먹은 기색이 전혀 보이지 않았다.

지나칠 정도로 느긋하게 자신을 바라보고 있었다.

"너 이 새끼, 표정이 왜⋯⋯."

놈의 말이 끝나기도 전에 진우가 빙긋이 미소를 그리며 말했다.

"넌 종합선물세트야. 살인에 성매매 그리고 집단 폭력까지⋯⋯. 아주 마음에 들어."

"뭐?"

그게 끝이었다.

진우가 손을 쭉 뻗어 놈의 머리카락을 콱 잡고 놈의 얼굴을 그대로 테이블에 찍어 버린 거다.

꽈지지직!

Chapter 3

테이블에 피가 튀며 장미 문신을 한 놈의 입에서 신음이
흘렀다.

"끄으윽!"

그러면서도 놈은 진우의 손아귀에서 벗어나려고 발버둥을
쳤다.

하지만 진우는 놔주지 않았다.

계속해서 놈의 얼굴을 테이블에 찍었다.

쾅! 쾅! 쾅!

폭력적인 소리가 이어졌지만 놈도 만만치 않았다.

순간적으로 테이블에 놓인 재떨이를 손에 쥐고 진우의 머
리를 가격한 거다.

콰직!

진우가 휘청거렸다.

놈은 그사이를 놓치지 않고 진우의 손아귀에서 빠져나왔다.

몸을 일으켜 뒤로 물러난 놈이 슬쩍 거울을 보며 자신의 상태를 살폈다.

놈의 코는 부러진 것처럼 휘어져 있었고, 입술은 다 터져서 피가 줄줄 흐르고 있었다.

말 그대로 피범벅이었다.

놈의 얼굴이 살벌하게 변했다.

"넌 오늘 살아서 집에 못 갈 줄 알아라."

진우 역시 멀쩡하지는 않았다.

재떨이에 맞은 이마가 찢어졌는지 피가 주르륵 흘렀다.

진우가 피를 슥 닦은 뒤, 놈을 바라보며 입을 열었다.

"너를 종합선물세트로 체포한다. 너는 변호사를 선임할 권리가 있고 변명을 할 수 있는 기회도 있다."

놈이 눈을 깜빡였다.

그러다가 입술을 뒤틀며 낄낄 웃었다.

"뭐야, 짭새였어?"

"어."

"혼자 온 거지? 그럼 너만 죽이면 튈 수 있다는 거지?"

놈은 바로 뒤에 있는 자신의 책상으로 걸어갔다.

서랍을 열고 회칼을 꺼냈다.

그리고 회칼을 툭툭 흔들며 입을 열었다.

"어이, 짭새. 그냥 가. 조금 있으면 우리 애들이 올 거야. 그러면, 그쪽 진짜 죽어."

진우가 고개를 저었다.

양아치 새끼들이 저러는 것을 보고 있으면, 우리나라 공권력이 어떤 취급을 당하고 있는 건지 부끄럽기만 했다.

총이라도 있었다면 다짜고짜 방아쇠를 당겼을 거다.

하지만 지금은 퇴근한 상태였고 총기는 반납했다.

그럼, 주먹으로 박살 내야 한다는 거다.

진우가 자신의 이마를 가격했던 그 재떨이를 손에 쥐며 입을 열었다.

"칼 들고 있는 놈은 과격하게 패도 괜찮다는 법이 있다는 거 알지?"

"뭐?"

"그런 법이 있다고 치자."

진우는 그 말이 끝나기가 무섭게 놈의 얼굴을 향해 재떨이를 집어 던졌다.

갑작스러운 상황에 놈은 반응하지 못했고, 그사이 '콰악!' 재떨이가 놈의 턱에 박혔다.

"아아아악!"

놈이 비명을 질렀다.

이빨이 깨졌고 턱뼈도 부러졌는지 피가 질질 흘렀다.

"이 개새끼야!"

하지만 놈은 좀비처럼 견디고 있었다.

심지어 진우를 향해 달려들기까지 했다.

체격에 비해서 맷집이 좋은 놈이다.

그런데, 많이 흥분했나 보다.

칼을 휘두르는 동작이 지나치게 컸고 다리가 훤히 노출됐다.

그럼, 고통을 선물해 줘야 한다.

진우가 놈의 다리에 로우킥을 갈겼다.

쩍! 쩍! 쩌억! 쩌어억!

놈은 견디려 했지만, 결국 휘청거렸다.

진우는 그 순간을 놓치지 않았다.

쉬이이익!

빠르게 놈에게 접근해서 칼 든 손목을 잡아챘다.

그대로 꺾어 버렸다.

또다시 놈의 비명이 흘렀다.

"끄악!"

쨍그랑!

칼이 떨어지는 소리가 들리는 것과 동시에 진우는 잡았던
놈의 손목을 놓아줬다.

대신 놈의 멱살을 잡고 놈의 안면에 주먹을 꽂아 넣었다.

한 대, 두 대, 세 대, 네 대…….

콱! 콰직! 퍽! 퍼억! 꽈직!

맷집 좋은 놈도 매에는 장사 없는 법이다.

결국 놈이 축 늘어졌고 기절하듯 바닥에 쓰려졌다.

그때, 김재혁 경사의 목소리가 들렸다.

"운동 좀 해라. 경찰이란 놈이 왜 이렇게 허약한 거야?"

시선을 틀어 보니, 사무실 문 옆의 벽에 김재혁 경사가 비스듬히 서 있었다.

진우가 황당한 표정으로 물었다.

"······허약하다고요?"

"이마에 피 나는 거 봐. 쪽팔리게 저런 놈한테 맞은 거야?"

"그러는 경사님은 왜 이제야 오셨어요?"

"생각보다 애들이 많더라."

진우의 시선이 김재혁 경사의 뒤로 틀어졌다.

상가 복도에 사람들이 한가득 쓰려져 있었다.

김재혁 경사라는 이름의 짐승이 날뛴 거다.

육식동물 앞에서 인간은 나약했다.

김재혁 경사가 지나온 길에는 제정신을 유지하고 있는 놈이 없었다.

안쓰러울 정도의 신음 소리만이 가득했다.

진우가 이 한 놈과 싸우고 있을 때, 김재혁 경사는 수십 명을 짓밟으며 이곳에 온 거다.

"허약한 새끼."

진우는 반론할 수 없었다.

그리고 20분쯤 지났을 때였다.

윤혜림과 성무택 경사 그리고 여청계의 팀이 우르르 들어
왔다.

여청계 경찰들은 처참한 현장의 모습에 한동안 멍하니 서
있었다.

윤혜림도 마찬가지였다.

다른 점이 있다면, 윤혜림은 진우의 이마에 난 상처를 보
고 있었다는 거다.

그리고 적막한 공간에서 먼저 입을 뗀 것은 윤혜림이었다.

"김재혁 경사님, 어떻게 된 거죠?"

"뭐긴요. 연락한 대로 성매매 업소죠."

"네?"

"저쪽에 장부 찾아 놨으니까, 확인하시면 되고요. 책상에
오피스텔 이름과 호수가 적혀 있으니까, 단속하면 됩니다."

이야기를 듣고 있던 성무택 경사가 눈을 깜빡였다.

그리고 다급히 김재혁 경사의 앞으로 다가와 속삭이듯 물
었다.

"뭐야? 증거물 보관소 보자고 했던 게 이거 때문이었어?!"

"응?"

"이런 거라면, 미리 말해 주면 더 좋았잖아!"

경찰로서 직접 범인을 잡고 싶은 마음.

김재혁 경사는 성무택 경사의 그런 마음을 이해했다.

"미안하게 됐다."

"씨발……."

"그래도 마음 풀어라. 사건 안 뺏고 너한테 전화했잖아."

성무택 경사가 아쉬움을 풀어내며 입을 열었다.

"다음에는 미리 알려라."

"웬만하면 그럴게."

성무택 경사가 경찰들을 향해 지시했다.

"뭐 해?! 빨리 체포해!"

그런데 김재혁 경사가 성무택 경사의 팔을 잡아끌었다.

성무택 경사의 시선이 다시 김재혁 경사에게로 향했다.

"또 뭐?"

"다른 애들은 다 잡아가도 되는데, 얘는 놔두고 가라."

"누구?"

"얘."

김재혁 경사가 손가락으로 가리킨 것은 장미 문신이었다.

장미 문신은 아직 의식이 돌아오지 않은 상태였다.

김재혁 경사가 장미 문신을 발로 툭 차며 말을 이었다.

"얘는 쓸데가 있거든."

"뭐?"

"이 정도만 양보해 줘라. 부탁할게."

성무택 경사의 시선이 장미 문신에게 향했다.

처참한 몰골을 보며 마른침을 삼켰다.

"……묻으려고?"

"응?"

"폭력 경찰 이런 거 은폐하기 위해 땅에 묻으려는 거 아냐?!"

김재혁 경사가 어이없는 눈빛으로 성무택 경사를 바라봤다.

"미친놈."

진우는 김재혁 경사와 함께 장미 문신을 차에 실었다.

혹시 모를 난동에 대비해 수갑을 채운 것은 물론이고 사무실에서 찾은 끈으로 다리까지 꽁꽁 묶었다.

그렇게 파출소로 향했다.

파출소에서는 다른 팀이 근무 중이었다.

"고생하십니다~."

김재혁 경사가 문을 열고 안으로 들어갔다.

이어서 진우가 피가 철철 흐르는 놈을 질질 끌고 등장했다.

하지만 그들은 놀라지 않았다.

몇 번이나 이런 광경을 봐서 그렇다.

이제는 그러려니 하는 눈으로 진우와 김재혁 경사를 보고 있었다.

매뉴얼이 짜인 것처럼 자연스레 오성민 팀장에게 전화하는 경찰도 보였다.

하지만 그들의 담담한 표정은 금세 사라졌다.

그 팀의 팀장이 질문한 거다.

"이번에는 어떤 놈을 잡아 온 거야?"

"국회의원 아들을 죽인 살인범이요."

"아…… 살인범. 김대상 아들 죽인 놈?"

"네."

담담하던 그 팀장의 눈이 순간 부릅떠졌다.

"미친!"

"아직 또렷한 용의자는 특정하지 못했지만, 피해자와 친분이 있는 사람들을 대상으로……."

서안 경찰서 형사2과였다.

강력4팀의 팀장이 과장에게 수사 상황을 보고하는 중이었다.

그 자리에는 진우와 김재혁 경사에게 시비를 걸었던 빼질이도 있었다.

그런데 팀장의 보고를 듣던 과장이 주먹으로 테이블을 세차게 내리찍었다.

"그래서, 결론이 뭐야?! 아직 범인의 그림자조차 못 찾았다는 거잖아!"

팀장이 고개를 숙이며 변명했다.

"현장에 CCTV가 없어서……."

"이 새끼야! 개소리하지 마! 옛날에는 CCTV가 있어서 범인을 잡은 줄 알아?!"

"죄송합니다."

과장의 시선이 뺀질이에게 향했다.

"야, 도준헌!"

도준헌, 뺀질이의 이름이었다.

"네."

"네가 대답해 봐. 3일 안에 범인을 잡을 수 있을 것 같아, 없을 것 같아?"

뺀질이는 대답하지 못했다.

수사의 진전은 없었고 범인의 꼬리조차 못 찾았다.

즉. 3일 안에 범인을 잡기란 불가능한 일이었다.

뺀질이의 대답이 들려오지 않자 과장이 인상을 썼다.

"이 새끼들은 패기도 없어! 지금 서장님이 얼마나 닦달하는지 알아?! 피해자가 국회의원 아들이야! 전 국민이 우리 서안시를 지켜보고 있다고!"

강력4팀은 모두 입을 다물고 이 시간이 지나가기만을 바랐다.

그때였다.

과장의 휴대폰이 진동했다.

발신번호는 서장이었다.

과장이 다급히 휴대폰을 귀에 댔다.

"네, 서장님! 지금 강력4팀 애들과 회의 중이었습니다. 곧 잡을…… 네?"

강력4팀의 시선이 과장에게 집중됐다.

과장의 목소리가 뭔가 이상했기 때문이다.

과장은 난처한 표정이었으며 당황하고 있었다.

그의 목소리가 이어졌다.

"아, 네. 알겠습니다. 네."

과장이 휴대폰을 테이블에 내려 뒀다.

그런데, 과장의 입에서 이해 못 할 말이 흘렀다.

"이 새끼들아, 사표 써."

팀장이 고개를 갸웃거렸다.

"과장님, 그게 무슨 말씀이십니까?"

"곡언 파출소에서 범인 잡았대! 국회의원 아들 죽인 새끼,
김재혁이하고 이진우가 잡아 왔다고! 일도 못하는 새끼들이
월급 받을 이유가 있어?! 사표 써!"

그 시각, 곡언 파출소는 사람들로 꽉 차 있었다.

진우와 김재혁 경사, 파출소장과 오성민 팀장도 보였다.

그 중심에 경찰서장이 있었다.

경찰서장이 김재혁 경사와 진우를 바라봤다.

"두 사람, 고생했어. 조만간에 밥 한번 먹자고."

순간, 파출소 문이 열리며 아들을 잃은 김대상 의원이 들

어왔다.

김대상 의원의 뒤로 장지훈 의원과 박우현 보좌관, 마지막으로 시장과 공무원들이 함께했다.

경찰들이 고개 숙였지만 김대상 의원은 인사를 받지 않았다.

벌건 눈으로 자신의 아들을 죽인 장미 문신을 찾고 있었다.

"어, 어떤 놈이야…… 어떤 새끼가 내 아들을!"

장미 문신은 의식을 차린 상태였다.

하지만 놈은 조용했다.

모든 게 끝났다고 생각했는지, 아니면 수많은 사람들의 시선이 부담스러웠는지, 어떤 말도 하지 않았다.

김대상 의원이 장미 문신을 향해 달려들었다.

"이 새끼야! 이 개새끼야!"

장미 문신은 고개를 숙인 채, 김대상 의원의 주먹에 맞고 있었다.

경찰들이 뜯어말리지 않았다면, 살인이 났을 수도 있다.

지금의 김대상 의원은 거물 정치인이 아니라 자식을 잃은 아버지였다.

잠시 후, 진우와 김재혁 경사는 김대상 의원과 마주 앉았다.

김대상 의원은 손이 떨리는 것을 애써 참으며 진우와 김재혁 경사를 바라봤다.

"두 사람이 첫 목격자라고 들었어. 그런데 범인까지 잡아

주다니, 내가 이걸 어떻게 보답해야 할지 모르겠어."

김대상 의원은 몇 번이고 고맙다며 반드시 보답하겠다고 말했다.

그리고 정치인들과 함께 곡언 파출소를 떠났다.

진우와 김재혁 경사는 옥상에 서서 떠나는 김대상 의원을 바라봤다.

"저런 거물 처음 봤는데. 생각보다 인간적이네."

김재혁 경사가 담배 연기를 내뱉으며 입을 열었다.

진우가 슬쩍 웃으며 난간에 팔을 걸쳤다.

아래에서는 시장과 장지훈 의원이 김대상 의원을 향해 구십 도로 허리를 굽히는 게 보였다.

'거물이라…….'

진우는 백동하였을 때를 기억하고 있었다.

자식을 잃은 것은 안타깝지만 김대상 의원은 쓰레기였다.

백동하의 앞에서 개처럼 바닥을 기며 돈을 구걸했고 진백 그룹을 위한 법안을 만들었었다.

그 머릿속에 국민은 없었다.

오직 권력의 유지와 돈만이 가득했다.

순간, 진우는 얼마 전 능력을 통해 본 것을 떠올렸다.

김대상 의원의 아들이 살해당하던 그날.

그 아들은 장미 문신에게 분명히 말했었다.

"왜 말이 없어? 설마, 돈 때문에 그래? 가서, 전해. 다음 달 말에 큰돈 들어올 게 있으니까, 걱정하지 말고 기다리라고. 이자도 겁나게 줄 테니까, 걱정하지 말라고 해."

진우가 눈을 가늘게 떴다.
'큰돈 들어올 게 있으니까?'
진우는 얼마 전 강진식에게 받은 자료를 생각했다.
거기에는 진백 금융에서 김대상 의원의 주머니에 정기적으로 돈을 주고 있다는 게 적혀 있었다.
즉, 김대상 의원의 아들이 거론한 '큰돈'이 진백 금융에서 주는 용돈일 수도 있다.
문제는 진백은 정치인에게 주기적으로 뇌물을 주지 않는다는 거다.
백동하는 정치인의 주머니가 두둑해질수록 놈들이 건방져진다고 생각했다. 그런 백동하에게 정치인은 파트너가 아니라 길들여야 할 대상이었다.
그래서 백동하는 정치인이 아쉬울 만큼, 다음에도 또 고개를 숙일 정도로만 돈을 주며 관리했었다.
즉, 이런 시스템은 백동하가 사망한 후에 만들어진 시스템인 거다.
그럼 조학주가 만들었다는 건데…….
'왜?'

진우는 고개를 갸웃거렸다.

조학주 역시 정치인을 활용 가치가 있는 장기짝 정도로만 여기고 있으며, 필요할 때만 돈을 주고 이용하면 된다고 생각한다.

'뭐, 다음 달 말이라고 했지?'

확실하지 않은 것을 계속해서 고민할 필요는 없다.

직접 확인하면 되는 거다.

그리고 사실로 드러난다면, 이것 역시 이용할 수 있을 거다.

진우가 입술을 매만질 때였다.

김재혁 경사의 목소리가 들렸다.

"가자. 마무리해야지."

진우와 김재혁 경사는 퇴근한 상태였다.

장미 문신을 경찰서에 보내는 것은 다른 경찰에게 부탁해도 됐다.

하지만 직접 마무리하며 강력4팀의 박살 난 표정을 감상하고 싶었다.

진우와 김재혁 경사는 장미 문신을 순찰차에 태운 뒤, 경찰서로 향했다.

그리고 잠시 후.

도착한 경찰서 앞에는 강력4팀이 기다리고 있었다.

그들의 표정은 자존심이 무너진 것 같았다.

영혼 빠진 눈동자는 허무해 보였다.

그들은 며칠 동안 이 사건에만 집중했다.

퇴근은 꿈도 못 꿨고 잠도 잘 수 없었다.

모든 시간을 범인을 잡기 위해 쏟아부었던 거다.

그런데, 정해진 순찰을 돌아야 하고 각종 민원을 상대해야 하는 파출소 경찰이 범인을 잡아 왔다.

강력4팀의 자존심이 뭉개지는 것은 당연했다.

그래서 강력4팀 형사 중에 김재혁 경사와 눈을 마주친 사람은 없었다.

심지어 어떤 말도 하지 않았다.

강력4팀의 팀장만이 '됐어. 가 봐.'라고 말했을 뿐이었다.

그렇게 강력4팀의 팀장과 팀원들이 장미 문신을 끌고 경찰서로 들어갈 때였다.

김재혁 경사가 뺀질이를 불렀다.

"경위님~."

뺀질이가 멈칫거렸다.

그리고 김재혁 경사를 향해 시선을 돌리며 억지로 웃었다.

"……왜요?"

"고맙다는 소리라도 해야 하는 거 아닌가?"

"네?"

"저 새끼 못 잡았으면, 앞으로도 계속 퇴근 못 하고 양말도 못 갈아 신었을걸요. 그런데, 잡아 줬잖아요? 더구나 저

놈 잡는 과정에서 이진우 경장의 이마에 상처도 났어요. 그럼, 고맙다고 해야죠."

김재혁 경사의 말이 이어질 때마다 진우는 계속해서 첨언했다.

"에이~ 양말만 못 갈아 신었겠어요? 빤스도 못 갈아입었죠."

"맞아요. 이마에 재떨이 맞고 또 기억상실 올 뻔했어요."

진우의 그 모습이 얄미웠다.

뺀질이의 시선이 진우에게로 확 틀어질 정도였다.

그러자 진우가 빙긋이 미소를 그리며 입을 열었다.

"그래서, 고맙다는 말은 언제 하실 거예요?"

뺀질이는 아직 웃고 있었다.

하지만 벌게진 귀는 그 감정까지 숨겨 주진 못했다.

뺀질이가 억지로 입을 열었다.

"고.맙.습.니.다."

"에헤이~ 엎드려 절 받기네."

하지만 진우는 거기서 끝내지 않았다.

"그런데, 이렇게 쉽게 잡힐 놈을 왜 못 잡았어요?"

김재혁 경사가 진우의 팔을 툭 쳤다.

"그만해라. 이제는 경위님도 파출소 경찰의 위대함을 알았겠지."

뺀질이의 이마에 심줄이 솟았다.

그걸 본 김재혁 경사가 '아, 죄송해요~.'라고 말을 남기며 몸을 틀었다.

그리고 발걸음을 옮기며 김재혁 경사가 장난스럽게 진우를 보며 입을 열었다.

"너 진짜 얄밉다. 더 했으면 저 새끼 울었을걸."

"그래서 제가 목구멍까지 올라온 말을 다 못 했잖아요."

"울까 봐?"

"네. 남자가 눈물을 흘리면 좀 불쌍하잖아요."

"이야~ 나는 네가 이렇게 배려 깊은 놈인 줄 몰랐다."

그렇게 진우와 김재혁 경사는 낄낄거리며 자리를 떠났다.

뺀질이는 그 자리에 서서 진우와 김재혁 경사의 뒷모습을 노려보았다.

뺀질이의 턱에 힘이 꽉 들어갔다.

"이진우, 김재혁……."

뺀질이의 머릿속에는 진우와 김재혁 경사의 이름이 명확히 각인되고 있었다.

그날 밤, 진우와 김재혁 경사는 시원하게 소주를 마셨다.

"오늘 국밥에 소주는 내가 산다!"

"수육도 쏘시는 거죠?"

"콜!"

처음에는 둘로 시작했지만 곧 오성민 팀장이 참석했고 잠시 후에는 다른 팀원들도 하나둘 자리했다.

이 팀원의 숫자는 모두 열두 명이다.

그 열두 명이 모두 모였다.

예상하지 못한 회식이 시작된 거다.

"강력4팀이라면, 우리 경찰서 에이스들만 있는 곳 아니야?"

"맞지. 맞아. 제일 거친 애들이지."

"걔들 엿 먹는 표정을 봤어야 했는데, 아쉽네요!"

팀원들은 모두 즐거워했다.

경찰서 최고 에이스 팀이라며 거들먹거리는 놈들에게 망신을 준 게 통쾌했나 보다.

그렇게 웃고 떠드는 시간이 이어질 때였다.

오성민 팀장이 김재혁 경사의 잔에 술을 채우며 입을 열었다.

"강력4팀 애들은 어때? 지금도 널 원수처럼 생각하나?"

김재혁 경사가 씁쓸하게 웃으며 고개를 끄덕였다.

"뭐, 그렇죠."

옆에 앉아 두 사람의 말을 듣고 있던 진우의 머릿속에 김재혁 경사가 사람을 죽였다는 말이 떠올랐다.

궁금했지만, 당장 묻지는 못했다.

이번에도 김재혁 경사의 표정이 슬퍼 보였기 때문이다.

하지만 김재혁 경사가 다른 자리에 가서 술을 퍼마시고 있을 때였다.

진우가 오성민 팀장의 옆에 앉았다.

그리고 오성민 팀장의 술잔에 술을 따르며 입을 열었다.

"심각한 질문 하나 해도 될까요?"

"응. 하지 마."

"할래요."

"하지 말라니까?"

"강력4팀에서 김재혁 경사가 사람을 죽였다던데, 그게 뭔
말이에요?"

오성민 팀장이 술잔을 만지작거렸다.

그러다 천천히 진우를 바라봤다.

"얘기 안 했었나?"

"안 했었는데요."

"친한 동생이 죽었다고 말했던 것 같은데?"

아, 그 말은 했었다.

김재혁 경사가 강력팀에 있을 때 죽었다는 동생이 있었다.

오성민 팀장이 씁쓸하게 웃으며 말을 이었다.

"다들 안 된다면서 말렸는데, 김재혁 경사가 고집 피우면
서 무리하게 진행한 수사가 있었거든. 그때 함께했던 놈이
수사 과정에서 죽은 거야."

죽은 동생은 성격도 좋고 서글서글한 인상만큼이나 잘 웃
는 사람이었다고 했다.

그런 사람이, 예쁜 아내와 갓 태어난 아기, 창창한 미래를

꿈꾸던 경찰이 사망한 거다.

"뭐, 그 일로 당시 강력4팀의 팀장이 옷을 벗었는데, 재혁이는 끝까지 남은 거지. 그 범인 새끼, 언젠가는 찢어 죽이겠다고 하면서."

오성민 팀장이 동료들과 웃고 떠드는 김재혁 경사를 바라보며 계속해서 진우에게 말했다.

"그런데, 강력4팀 애들은 재혁이를 보면서 뻔뻔하다고 생각해. 사람이 죽었고 팀장도 옷을 벗었는데, 끝까지 버티고 있으니까. 그 원망이 모두 저 새끼한테 향하는 거야."

뭔가 진우의 생각과는 다르다.

그런 아픔이 있다면, 끝까지 함께 힘을 모아 싸우고 진짜 범인을 찾아 원한을 풀어 주는 게 팀이다.

하지만 그들은 원망만 하고 있었다.

생각에 잠겨 있던 진우는 다시 오성민 팀장을 바라봤다.

"팀장님도 강력팀에 계셨다고 하지 않았어요?"

"뭐, 예전에."

"왜 나왔어요?"

"뭐, 비슷한 이유로."

그다음의 이야기는 더 들을 수 없었다.

한 경찰이 벌떡 일어나서 외쳤기 때문이다.

"1차가 국밥이었으니까, 2차는 감자탕!"

진우는 국밥에서 왜 감자탕으로 이어지는지 이해가 안 됐지만, 다른 경찰들은 좋다고 환호했다.

그렇게 2차를 감자탕으로 가고, 3차에서 삼겹살을 먹으며 술자리가 끝났다.

─김대상 의원의 아들을 살해한 범인이 서안시에서 체포되었습니다. 서안시 곡언 파출소의 경찰은 성매매 업소를 단속하는 과정에서……

유명 정치인의 아들이 치정 사건에 휘말려 살해당했다는 이야기가 세상을 발칵 뒤집을 정도로 큰 사건은 아니었다.

하지만 이번에도 곡언 파출소였다.

─파출소 경찰 새끼가 싸가지가 없게 범인을 잡고 있네. 줄 것은 없고 칭찬이나 받아라.

─요즘 곡언 파출소 볼 때마다 내 상식이 무너지는 것 같다. 신호위반 단속하는 경찰들이 알고 보면, 힘을 숨기고 있다는 거잖아?

└지구대나 파출소 경찰들 무시하면 안 됨. 취객들이랑 맞짱 뜨는 게 저 인간들임. 깡패보다 무서운 게 술 취한 인간들이야.

└그런데, 곡언 파출소는 진짜 센 경찰들이 배정받을걸. 서안시에서 도 곡언동은 무법지대로 유명해. 저기 경찰들은 순찰할 때 방검복 입고 다녀.

빌런
경찰 이진우

└겁나 무서운 곳이네.

인터넷 커뮤니티 사이트에서 곡언 파출소 경찰들을 특수
부대처럼 표현하고 있을 때였다.

그곳으로 기자들이 몰려왔다.

"죄송합니다. 사진은 안 돼요~."

오성민 팀장이 기자들에게 간곡히 부탁하고 있었다.

"왜요?! 지난번에는 사진 찍었잖아요?!"

"그때는 그랬는데, 이제는 안 돼요. 우리도 위에서 지시가
내려와서요. 그리고 모르셨나요? 지난번에 올리셨던 이진우
경장의 기사도 모두 내려갔어요."

진우와 김재혁 경사는 계속해서 범인을 때려잡는 중이었다.

그것도 외국인 조직 등 위험한 놈들이 한가득이다.

얼굴이 노출되면 깡패들이 찾아와 보복할 수도 있다.

그런 참사는 막아야 한다.

그리고 두 사람은 앞으로 어떤 임무를 맡을지 모른다.

때로는 기밀에 가까운 일을 할 수도 있다.

그렇기 때문에 얼굴 공개는 철저히 거절하라는 경찰서장
의 지시가 있었다.

하지만 김재혁 경사는 아쉬워했다.

"아쉽네. 아쉬워."

"뭐가요?"

"유명해지면, 또 커타를 만날 수 있지 않을까 생각해 봤거든."

"커타요?"

"커타. 그때 같이 봤잖아."

"네?"

"커피타임! 저번 콘서트에서 봤잖아!"

뭔 소리를 하나 했는데, 김재혁 경사가 좋아하는 걸그룹의 이야기였다.

김재혁 경사는 깡패와 싸울 때 무시무시한 포스를 풍긴다.

같은 편인 것을 알아도 섬뜩할 정도다.

하지만 걸그룹을 이야기할 때는…… 변태 아저씨 같았다.

김재혁 경사가 커피타임의 포토카드 100장을 샀다고 자랑하는데, 진우로서는 이해하기 어려운 일이었다.

그리고 지금 진우는 커피타임 따위에 신경 쓸 시간이 없었다.

진백 금융과 김대상 의원의 관계를 확인해야 했다.

며칠 후, 비번인 날이었다.

진우는 강남의 한 커피숍에서 백서연의 비서 김지원과 만나고 있었다.

김지원이 커피 잔을 내려 두며 진우를 바라봤다.

"부탁할 게 있다고요? 뭐죠?"

"진백 금융에 한번 놀러 가고 싶습니다."

"……진백 금융?"

"네."

김지원이 고개를 저었다.

"거기는 백서연 대표님과 관련이 없는 곳입니다."

진백 금융은 백서연의 둘째 오빠 백철영이 대표로 있는 곳이다. 형제지간의 치열한 싸움이 일어나는 중인데, 진우가 그곳에 발을 들이기는 어렵다.

하지만.

"어차피 백철영 대표는 그룹에나 기웃거리지, 진백 금융으로는 출근 안 하지 않나요?"

"……!"

"대학생 인턴이나 뭐 그런 비슷한 것으로 포장해도 되니까, 잠깐 구경만 하고 싶은데요. 그 정도는 충분히 가능하지 않나요?"

김지원이 물끄러미 진우를 바라봤다.

김지원이 지금껏 봐 온 진우는 쓸데없는 짓은 하지 않는 사람이다.

진백 금융에 가고 싶다는 것도 분명 어떤 이유가 있을 거다.

김지원이 그에 대해 물었다.

"이유가 궁금한데요."

"아직 확실하지 않아서 말하기는 좀 그런데요. 백서연 대표님께도 도움이 될 일이에요."

"도움이 된다?"

진우가 슬쩍 웃었다.

그러자 김지원은 잠시 생각에 빠졌다.

그러다가 진우를 보며 입을 열었다.

"저 혼자 결정할 수 있는 일은 아닙니다."

알고 있다. 김지원에게 이런 일의 결정권은 없다.

결정하려면 백서연을 통해야 한다.

하지만 진우는 백서연에게 연락하지 않고 일부러 김지원을 찾았다.

진우가 김지원을 찾은 이유는 간단했다.

"잠깐 전화 좀 하고 올게요."

김지원이 백서연에게 전화하기 위해 밖으로 나가는 순간이었다.

진우가 테이블에 놓인 김지원의 작은 가방을 손에 들었다.

그리고 바로 등 뒤에 있는 테이블을 향해 시선을 돌렸다.

그곳에는 오명훈이 앉아 있었다.

진우가 김지원의 가방을 오명훈에게 건네며 입을 열었다.

"5분이요."

"선 따서 연결하려면 10분은 필요해."

오명훈은 김지원의 차에 도청장치를 설치할 거다.

확인할 게 있어서다.

진백 금융이 정치인에게 돈을 주고 있다면, 진백 엔터 역시 같은 짓을 하고 있을 가능성이 높다.

그리고 그 일을 처리하는 사람은 김지원일 게 분명하다.

백서연이 가장 신뢰하는 사람이 김지원이기 때문이다.

즉, 김지원의 차량에 도청장치를 넣어 두면 그 더러운 진실을 확인할 수 있다.

그리고 진백 엔터가 정치인의 손에 주기적으로 용돈을 주고 있다면, 그것 역시 이용할 수 있을 거다.

"알겠어요. 10분."

오명훈이 김지원의 가방을 들고 빠르게 커피숍을 벗어났다.

그리고 진우는 몸을 일으키며 커피숍 밖에서 백서연과 통화하는 김지원을 바라봤다.

'10분…….'

진우는 지금부터 10분 동안 김지원을 커피숍 밖에 세워 둬야 한다.

진우가 커피숍을 나가 김지원의 옆에 섰다.

김지원이 백서연과의 통화를 막 종료할 때였다.

진우가 김지원을 보며 물었다.

"뭐래요?"

"알겠다고 하셨습니다."

"알겠다?"

"네. 자세한 일정은 백서연 대표님과 얘기한 후 다시 연락

드리겠습니다."

"뭐, 감사하네요."

"그럼, 들어가죠."

김지원이 커피숍으로 들어가려 할 때였다.

"잠깐만요."

진우가 김지원의 걸음을 멈춰 세웠다.

김지원이 고개를 갸웃거리며 진우를 바라봤다.

진우가 머쓱한 표정을 지으며 한숨을 내뱉었다.

그리고.

"그…… 진백 엔터에 커피타임이란 걸그룹이 있잖아요?"

"있죠."

"사인 좀 받을 수 있을까요?"

"……네?"

김지원은 백지원의 비서로서 어지간한 일로는 얼굴에 감정을 드러내지 않는다.

그런 사람을 비서로 채용하고 그런 훈련을 시키기 때문이다.

그런데 그런 김지원이 '풉!' 하고 웃었다.

"커피타임 팬이세요? 하긴…… 걔들이 상큼하기는 하죠."

"아뇨. 같이 근무하는 선배 경찰 중에 커피타임의 팬이 있어서요."

"괜찮아요. 부끄러워하지 않으셔도 돼요. 그런 부탁 많이 받아 봤고, 우리 회사 애들을 좋아해 주셔서 오히려 감사해요."

"아니, 그게 아니라······."

"애들도 좋아하겠어요."

"저기요?!"

걸그룹을 좋아하는 게 나쁜 것은 아니다.

하지만 진우의 속에는 일흔에 가까운 백동하가 있다.

십대 후반에서 이십대 초반인 걸그룹을 좋아한다고 낙인 찍히는 게 정말로 부끄러웠다.

"저는 주현미를 좋아하거든요?!"

"네, 알았어요."

진우는 계속해서 해명했다.

하지만 김지원은 진우의 해명이 이어질수록 변명으로 생각됐나 보다.

그 덕에 시간을 끌 수 있었고 오명훈은 도청장치 설치를 성공했지만······ 그렇게 진우는 김지원의 머릿속에서 커피타임의 팬이 되어 버렸다.

─회사로 오십시오.

김지원의 연락이 온 것은 이틀 뒤였다.

진우는 퇴근 후 진백 엔터로 향했고 백서연과 마주 앉았다.

백서연이 조용히 진우를 보며 물었다.

"금융에서 뭘 확인하고 싶은 거죠?"

"그때 김지원 비서에게도 말했는데, 아직 확실하지 않아서 말하기는 어렵네요."

"가볍게도 말해 줄 수 없다는 건가요?"

"대표님께 도움이 될 일이라는 것만 알아주시면 됩니다."

지금껏 진우는 많은 부분에서 백서연을 도왔다.

백서연은 그 기억을 갖고 있었고 더 묻지 않은 채 고개를 끄덕였다.

"알았어요. 진백 금융에 제 사람이 있어요."

백서연은 진백 금융에 자기 사람을 심어 둔 상태였다.

그게 누군지는 밝히지 않았지만, 스파이를 심어 두는 것은 당연한 일이라 크게 놀랍지 않았다.

"다음 주에 대학생들을 뽑아 직무 체험 같은 것을 한다고 들었어요. 그 안에 이진우 경장의 이름을 넣어 둘게요."

백서연의 말이 끝나자 김지원이 체험에 관련된 서류를 테이블에 내려 두며 입을 열었다.

"체험은 1개월 동안 이어지지만, 이진우 경장은 언제든 그만둬도 괜찮습니다."

1개월이나 필요 없다.

3일이면 충분할 거다.

진우가 서류를 손에 들며 거울을 통해 자신의 얼굴을 살폈다.

대학생 나이는 아니지만, 복학생에 고생 좀 했다고 하면 믿을 것 같은 외모다.

"감사합니다."

이제 할 말은 끝났다.

이곳을 떠나면 된다.

그런데, 백서연이 찻잔을 손에 쥐며 입을 열었다.

"그리고 커피타임 팬이라면서요?"

"……네?"

"애들 불렀으니까, 인사나 하고 가세요."

사실, 회사로 불렀을 때부터 뭔가 이상하기는 했다.

일정은 통화로 알려 주면 되고, 테이블에 내려 둔 서류는 메일로 보내 줄 수 있기 때문이다.

그러니까, 회사로 불러낸 것은 진우에게 커피타임을 만나게 해 주려는 의도였던 것이다.

"진짜 아니라니……."

하지만 진우의 목소리는 이어질 수 없었다.

문이 열리고 커피타임이 들어온 거다.

"대표님, 안녕하세요?!"

큰 소리로 외친 커피타임 애들이 진우를 봤다.

"어?! 경찰 아저씨?!"

백서연과 김지원의 눈에 동시에 의문이 스몄다.

질문한 것은 백서연이었다.

"이진우 경장을 알아?"

커피타임의 리더라는 애가 고개를 끄덕였다.

"알죠. 그때 서안시에서 행사할 때요, 칼에 맞았던 경찰 아저씨예요. 우리 콘서트에도 왔었어요."

급기야 진우는 칼까지 대신 맞아 주는 열성팬이 되었고 엄청나게 많은 굿즈를 선물받은 뒤, 커피타임과 사진도 찍었다.

커피타임의 팬은 아니었지만 예쁜 여자애들에게 둘러싸여 사진을 찍는 기분은 꽤 괜찮았다.

"휴가 좀 쓸게요."

다음 날이었다.

김재혁 경사와 순찰을 돌던 진우가 입을 열었다.

김재혁 경사가 황당한 표정으로 진우를 바라봤다.

"휴가?"

"네, 3일 정도."

"이유는?"

진백 금융에 가기 위해서다.

하지만 그렇게 말할 수는 없었다.

"뭐, 휴식이라고 하죠."

"새끼야…… 다음으로 미뤄."

김대상 의원의 아들이 서안시에서 사망했다.

범인은 잡혔지만, 아직은 눈치를 봐야 할 때다.

김재혁 경사의 목소리가 이어졌다.

"우리 파출소가 휴가 쓸 때 눈치 주는 곳은 아니지만, 지금은 안 돼. 특별한 사유가 없으면 오성민 팀장님도 절대 안 들어줄 거야."

"경사님이 설득해 주면요?"

"설득하다가 욕 처먹을 게 뻔한데, 내가 그런 짓을 왜 해?"

"뇌물을 주면요?"

"뭘 줘도 안 되는 것은 안 되는 거야."

"자, 뇌물입니다."

진우는 진백 엔터에서 받아 온 커피타임의 사인과 굿즈를 김재혁 경사에게 건넸다.

김재혁 경사가 멈칫거렸다.

그리고 고개를 끄덕.

"다녀와."

"네?"

"팀장님은 내가 설득할 테니까, 다녀오라고."

그렇게 진우는 휴가를 얻었고 진백 금융으로 향할 수 있었다.

며칠 후, 진우는 진백 금융 앞에 서 있었다.

지금은 8시 50분.

9시까지 들어가야 하는데, 10분 남았다.

하지만 진우는 걸음을 멈춘 채 건물을 바라보고 있었다.

'기분 참……'

진백 엔터를 들어갈 때와는 다른 기분이었다.

진백 엔터는 돈으로 빼앗은 곳이지만 진백 금융은 아니다.

진백그룹의 시작이 진백 금융이었다.

수십 년 전, 진우는 친동생과 함께 진백 금융을 세웠고 탐욕적으로 M&A를 하며 회사를 성장시켰었다.

즉, 이곳에는 백동하의 젊음과 성공이 담겨 있는 거다.

하지만 지금 진우는 백동하가 아니다.

자신이 만든 회사에 들어가는 것조차 마음대로 할 수 없었다.

방문증을 받아야만 들어갈 수 있는 거다.

그런데, 진우는 미소 짓고 있었다.

'내가 만든 걸 부숴 버리는 게 또 재밌는 거지.'

진우는 진백 금융을 부숴 버리겠다는 각오를 다지며 걸음을 옮겼다.

"진백 금융은 진백의 역사를 시작한 곳입니다."

첫 시간은 강당에서 시작됐다.

인사 담당자는 서른 명 정도의 학생들 앞에서 진백 금융이 어떤 회사인지 포장해서 설명하고 있었다.

진백그룹에서도 꽤 중요한 것처럼 설명하고 있는데, 그건 살짝 과장된 말이다.

정말 중요한 곳이었다면 백철영에게 주지 않았을 거다.

"그럼, 이곳에서 좋은 경험 하시기를 바랍니다."

그렇게 설명이 끝났다. 그리고 직원은 대학생들의 이름을 호명하며 서류를 한 장씩 건넸다.

"이진우 씨?"

서류에는 직무를 체험할 부서가 적혀 있었다.

일주일마다 각 부서를 돌며 체험하는 것인데, 진우의 첫 번째 체험 부서는 금융 자산 10억 이상의 고객에게 맞춤형 투자 정보를 제공하는 팀이었다.

'나쁘지 않네.'

어차피 진우는 어느 팀이든 상관없었다.

이곳에 온 이유는 그저 김대상 의원에게 정기적으로 돈을 주는지 확인하기 위해서다.

그리고 진우는 진백 금융에서 뇌물을 전담하고 있는 인간이 누구인지 알고 있었다.

지금부터는 그 인간의 사무실에 어떻게 들어갈 수 있을지에 대해 고민해야 한다.

"……스물셋?"

"네."

잠시 후, 진우는 그 팀에 있었다.

팀장은 자리에 없었고 윤성현이라는 이름의 대리가 진우를 맞이했다.

윤성현 대리를 처음 마주한 느낌은 곰 같았다.

190에 가까운 키, 거대한 덩치.

윤성현 대리가 슬쩍 웃으며 입을 열었다.

"스물셋이라……. 좋은 나이다."

물론 진우는 스물셋이 아니다.

스물셋은 이곳에 잠입하기 위해 김지원이 만들어 낸 나이였다.

"학교는 어디 다녀?"

"한국대 다니고 있습니다."

이것 역시 만들어진 스펙이었다.

한시라도 빨리 뇌물 주는 인간의 사무실에 잠입하기 위한 방법을 고민해야 하는데, 윤성현 대리는 뭐가 궁금한지 이것저것 묻고 있었다.

"여자 친구는?"

"없습니다."

"야…… 어릴 때 많이 만나 봐야 해. 넌 지금 청춘을 낭비하는 거야."

진우가 윤성현 대리의 말을 끊었다.

계속 잡담할 시간은 없었다.

"제가 할 일은 뭐가 있을까요?"

"응? 네가 할 일? 복사는 할 줄 알지?"

"네."

"넌 아무것도 하지 마. 전화도 받지 말고 복사만 해."

"네?"

"구직 체험이라고 하는데, 사실 대학생이 할 수 있는 게 없잖아? 그냥, 조직이 어떻게 돌아가는지 분위기나 느끼고 잡일이나 도와주면 되는 거야."

윤성현 대리의 말이 틀린 것은 아니다.

하지만 진우를 무시하듯 바라보며 빙긋이 웃는 모습은 정말 재수 없게 느껴졌다.

그런데, 그때였다.

진우의 머릿속에서 능력이 펼쳐졌다.

그것은 흑백, 과거를 보여 주는 것이었다.

어두운 공간, 룸살롱이었다.

그곳에 보이는 것은 윤성현 대리였다.

윤성현 대리가 누군가와 함께 낄낄 웃고 있었다.

"노인들은 잘 모르거든. 평생 일한 퇴직금 갖다 바쳐 놓고도 확인을 안 해요. 그냥 '고객님, 잘되고 있습니다.'라고 몇 마디 던지면, 내가 자기들 돈을 제대로 투자하고 있다고 생각해."

상대가 피식 웃었다.

"사기잖아?"

"돈은 불려 줬잖아? 누이 좋고 매부 좋고, 모두가 해피엔딩 이잖아?"

능력은 그게 끝이었다.

진우의 앞에서는 여전히 윤성현 대리가 재수 없게 웃고 있 었다.

윤성현 대리가 픽 웃으며 말했다.

"왜? 복사 말고 다른 것도 해 보고 싶어?"

"아뇨. 복사하면서, 분위기를 살피겠습니다."

"그래, 그게 제대로 배우는 거야."

윤성현 대리가 진우의 어깨를 툭툭 친 후, 자신의 자리로 떠났다.

진우의 시선이 윤성현 대리의 뒷모습에 꽂혀 있었다.

'사기? 돈을 불려 줬다?'

진우의 입가에 미소가 걸렸다.

'고객 돈으로 장난질을 치고 있다는 거지?'

그날 진우는 정말 복사만 했다.

뭔 놈의 복사할 게 이리 많은지, 헛웃음이 나올 정도였다.

하지만 오히려 다행이었다.

윤성현 대리를 관찰할 수 있어서다.

윤성현 대리가 차고 있는 시계의 가격은 약 8천만 원.

타고 다니는 차량은 1억이 훌쩍 넘는 외제차다.

물론, 증권사 직원들 중에 값비싼 시계나 고가의 외제차를 타는 사람들이 있다.

그것은 영업 방식 중 하나, 고객에게 '내가 이만큼 돈을 많이 버니까, 네 돈도 이렇게 불려 줄 수 있다.'라는 인식을 심어 주기 위한 방법이다.

하지만 윤성현 대리는 고객의 돈으로 사치를 부리고 있다.

'마음에 들어.'

진우가 슬쩍 웃었다.

진우는 진백 금융에서 뇌물을 관리하는 놈의 사무실에 들어갈 방법을 고민하고 있었다.

그런데 윤성현 대리를 이용하면 쉽게 들어갈 수 있을 것 같았다.

점심시간이 지나고 회의가 시작됐다.

하지만 진우는 그 자리에 함께할 수 없었다.

비밀스러운 말이 오가는 곳이기 때문이다.

진우는 회의실에 커피와 서류를 세팅한 후, 밖으로 나왔다.

그리고 빠르게 사무실로 돌아와 윤성현 대리의 책상 앞에 섰다.

회의가 끝나기 전에 윤성현 대리의 비리를 찾아야 한다.

일단 책상 위를 살폈다.

책상에 놓인 것은 볼펜과 메모지 정도다.

다른 사람과 다를 게 없었다.

하지만 책상 안에 있는 것은 다를 거다.

고객을 속이려면, 근무시간에 전화를 해서 상담을 해야 한다.

그렇기 때문에 그 흔적이 이곳에 남아 있을 게 분명했다.

진우가 윤성현 대리의 책상을 뒤지기 시작했다.

그리고 그 흔적을 찾는 것은 금방이었다.

직접 손으로 쓴 사람들의 이름과 전화번호.

스치듯 본다면, 그저 메모를 한 것처럼 보인다.

하지만 증권사 직원은 고객의 정보를 이런 식으로 관리하지 않는다.

그리고 적혀 있는 날짜와, 금액을 보면 예상할 수 있다.

높은 확률로 윤성현 대리에게 사기를 당한 사람들일 거다.

진우는 휴대폰을 손에 들고 그것을 사진에 담기 시작했다.

그런데.

"아오! 그놈의 오너 리스크!"

윤성현 대리의 목소리가 날카롭게 들려왔다.

시선을 틀어 보니, 회의실에서 사람들이 나오고 있었다.

'젠장.'

회의가 1시간은 걸릴 거라 생각했다.

하지만, 10분도 지나지 않아 회의가 끝나 버렸다

진우는 빠르게 주변을 살폈다.

이대로 윤성현 대리에게 행동을 들키면 안 된다.

그 전에 상황을 정리해야 한다.

진우는 휴대폰을 품에 넣고 보고 있던 명단을 덮었다.

그리고 원래 있던 자리에 되돌려 둘 때였다.

"너 뭐 하냐?"

최악의 상황이 펼쳐졌다.

윤성현 대리가 진우의 행동을 본 거다.

놈이 인상을 구기며 저벅저벅 다가왔다.

"내 자리에서 뭐 하냐고."

진우가 윤성현 대리를 보며 어색하게 웃었다.

"여기 벌레가 있는 것 같아서요."

"……벌레?"

"네. 뭔가 검은 게 휙 하고 지나가서, 잡으려고…….."

"말도 안 되는 변명을 하고 있네? 새끼야, 내 자리에 기밀 문서 많다고 했지?!"

과민 반응을 하는 것을 보니, 방금 찾은 그것이 고객 명단이란 확신이 더 강하게 들었다.

하지만 일단 이 위기를 벗어나야 한다.

어떤 변명을 해야 할까 고민할 때였다.

"벌레 잡았어?"

낯선 여직원이 조금은 겁먹은 표정으로 다가오고 있었다.

진우의 시선이 여직원에게 닿았다.

여직원이 윤성현 대리를 보며 입을 열었다.

"아까 창문을 열어 뒀더니, 벌레가 들어왔나 봐요."

여직원까지 가세하자 윤성현 대리의 표정이 변했다.

"그래? 벌레가 들어왔어?"

"네."

윤성현 대리의 시선이 진우에게 이동했다.

그리고 손가락으로 진우의 이마를 쿡쿡 찌르며 입을 열었다.

"벌레든 뭐든 아무것도 하지 마. 시킨 대로 복사나 해."

"죄송합니다."

진우는 고개를 숙였고 자신의 자리로 향했다.

그러면서 힐끗 여직원을 봤다.

진우와 눈을 마주친 여직원이 살짝 미소를 그렸다.

잠시 후, 휴게실이었다.

진우가 자리에 앉아 휴대폰에 담은 고객 명단을 확인하고 있었다.

진우의 옆으로 아까 그 여직원이 앉았다.

진우가 여직원을 향해 시선을 틀었다.

여직원이 진우에게 음료수를 건네며 말했다.

"뭐 도와드릴 것은 없을까요?"

"아까 도움 주신 것으로도 충분해요."

여직원이 주변을 살짝 살폈다.

그리고 진우에게 몸을 기울이며 속삭이듯 입을 열었다.

"이진우 씨가 대학생이 아니라는 거 알고 있어요."

"......!"

"진백 엔터 김지원 비서실장한테 연락받았거든요. 이진우 씨를 좀 챙겨 달라고요."

예상은 하고 있었지만, 이 여직원은 백서연이 심어 둔 사람 중 하나였다.

사람들의 눈에 띄지 않는 말단 직원과도 손잡고 있다니, 백서연도 꽤 늘었다.

여직원이 음료수를 입에 댄 후, 물었다.

"그런데, 아까 뭐 하고 있었어요?"

"별것은 아니고요. 신세 진 김에 이것 좀 알아봐 주실 수 있을까요?"

진우가 여직원에게 휴대폰을 건넸다.

화면을 본 여직원이 고개를 갸웃거렸다.

"뭐예요?"

"고객 명단이요."

"이게요? 그냥 메모해 둔 거 아니에요?"

손글씨로 적혀 있는 것을 고객 명단이라고 생각하기는 어려웠다.

진우가 고개를 끄덕였다.

"그러니까, 확인 좀 부탁해요. 이 중에 진백 금융을 찾았지만, 계약하지 않고 그냥 간 사람들이 있을 거예요."

진백 금융은 한 번이라도 연락을 하거나 찾아온 사람의 정보를 저장해 둔다.

잠재고객을 관리하기 위한 방법이다. 그리고 그것은 진백 금융의 직원이라면 누구나 알아볼 수 있다.

"알았어요. 오늘 중으로 확인해 볼게요. 그런데, 이거 진백 엔터에 보고해도 되는 거죠?"

"네."

진백 엔터가 이 명단을 본다고 해도 상관없다.

나열된 이름만 가지고 모든 것을 예측할 수는 없기 때문이다.

여직원이 진우를 찾아온 것은 바로 그날 저녁이었다.

진백 금융의 커피숍 앞.

진우의 앞에 앉은 여직원이 가방에서 서류를 꺼냈다.

"아까 말한 거 알아봤어요. 진우 씨 말이 맞았어요. 우리 회사에 투자를 의뢰하려고 찾아왔던 분들의 명단이에요."

"자산 규모는요?"

"금융 자산만 10억 이상이요."

"나이는?"

"오십대 이상."

진우의 입가에 미소가 걸렸다.

윤성현 대리의 수법이 훤히 보이고 있었다.

윤성현 대리의 타깃은 은퇴를 했거나 앞둔 사람들이다.

그들이 찾아오면 윤성현 대리는 인사한 후, 가벼운 농담으로 대화를 시작했을 거다.

"아이고~ 아버님, 젊을 때 영화배우 하라는 소리 안 들으셨어요?"

농담은 그들이 호구인지 아닌지 살피는 과정이다.

그리고 호구로 판단되면.

"제가 고객님이 정말 저희 아버지 같아서 하는 말인데요."

아버지 또는 어머니라는 단어를 사용하며 친근감을 유도
한다.

그리고.

"이런 것은 말씀드리면 안 되는데, 실은 금융 자산 규모
100억 이상의 큰손만 사용하는 계좌가 있습니다."

큰손이라는 단어에 사람들은 귀를 기울인다.

그러면 윤성현 대리는 그 순간을 놓치지 않고 상체를 기울
이며 속삭였을 거다.

"M&A…… 그러니까, 인수합병이 시작되면, 주식이 폭등
하는 것은 아시죠? 저희는 그 정보를 미리 알고, TOB가 시
작되기 전에 투자를 진행합니다."

TOB, Take-Over Bid의 약자로, M&A 용어 중 하나다.

목표 기업의 주식을 공개적으로 매수하는 방식이다.

윤성현 대리는 전문적인 용어를 입에 담으며 자신을 전문
적으로 포장한다.

그리고 상대가 넘어왔다고 판단되면.

"제가 아버님께만 그 계좌를 알려 드리고 싶은데, 약속하
셔야 할 게 있습니다. 이건 아무한테도 말씀하시면 안 됩니

다. 이게 소문나면, 잘리는 게 문제가 아니라 M&A 정보 누설죄로 교도소에 갈 수도 있어요."

이렇게까지 말하면, 상대는 윤성현 대리에게 감사함을 느끼게 된다.

감옥에 갈 수도 있다는 위험을 무릅쓰고 자신들을 돕는 좋은 사람으로 여기는 거다.

그리고 윤성현 대리는 자신의 안전을 위해 마지막 말을 내뱉었을 게 분명하다.

"그런데, 문제가 하나 있습니다. 이 계좌의 계약기간은 3년입니다. 그 전에 돈을 빼려면 수수료가 엄청나죠. VIP는 단기투자를 하시는 분들이 아니거든요. 3년을 견딜 수 없다고 판단되시면 시작도 안 하는 게 이득이죠."

3년 뒤에 몇 배의 수익을 낼 수 있는 상품.

사람들은 미래를 기대하며 윤성현 대리가 알려 준 계좌에 돈을 집어넣었을 거다.

물론 그 계좌는 윤성현 대리의 차명이다.

하지만 사람들은 이미 현혹되어 있다.

더 많은 이득을 얻을 수 있다는 욕심이 눈을 가린 상태다.

그리고 3년이란 시간 동안 윤성현 대리는 고객의 돈을 마음껏 쓸 거다.

고객이 돈을 찾으려 할 때는 다른 호구의 돈으로 돌려주면 되는 거다.

'방법은 알았고……'

이제는 증거를 찾을 시간이다.

진우는 커피숍에서 빠져나오며, 휴대폰을 손에 들었다.

그리고 흥신소 사장 황강식에게 메시지를 보냈다.

–부탁드릴 게 있습니다.

"맥주 한 잔만 더 해~."

다음 날 밤이었다.

윤성현 대리는 진백 금융의 동기들과 술을 한 잔 걸친 상태였다.

윤성현 대리는 술이 모자랐는지, 동기들을 잡았다.

"노래방 가서 딱 한 잔만 더 하자니까? 내가 살게!"

"나중에. 나중에 사."

동기들은 내일 아침부터 바쁘다며 거절했다.

"에이~ 술 약한 새끼들."

동기들과 헤어진 윤성현 대리가 공영 주차장으로 향했다.

그리고 벌건 얼굴로 대리를 기다렸다.

5분쯤 지났을 때, 모자를 눌러쓴 대리운전 기사가 나타났다.

"대리 부르셨죠?"

담배를 피우던 윤성현 대리가 대리운전 기사를 바라봤다.

"겁나 빨리 왔네?"

"근처에 있었거든요."

"담배 한 대 피우고 있을 테니까, 시동 걸고 있어요."

"네!"

곧 윤성현 대리가 차에 올랐다.

술이 모자랐던 윤성현 대리는 청담동에 있는 고급 바를 예약했다.

그리고 그곳으로 가 달라고 말한 뒤, 잠에 빠져들었다.

코고는 소리까지 조용히 흘렀다.

대리운전 기사는 차를 몰고 주차장을 빠져나와 도로로 들어섰다.

그런데, 차는 청담동으로 향하지 않았다.

산길을 올랐고 어두컴컴한 곳에서 멈춰 섰다.

그리고.

"다 왔습니다."

힘겹게 눈을 뜬 윤성현 대리는 주변을 살폈다.

그런데, 어두웠다.

아무것도 보이지 않았다.

"……여기가 어디야?"

"산이죠."

"산? 청담동이 아니라?"

윤성현 대리는 긴장했다.

자신도 모르게 마른침을 삼켰다.

대리운전 기사가 아니라 강도라고 생각한 거다.

묻지마살인부터 해서 온갖 섬뜩한 생각들이 머릿속을 헤집었다.

"저, 저기…… 돈 드릴까요?"

"돈은 됐고요. 내리세요, 윤성현 대리님."

대리운전 기사가 윤성현 대리의 이름을 불렀다.

난데없는 상황에 윤성현 대리가 눈을 깜빡였다.

그리고 멍하니 앞을 바라보며 중얼거렸다.

"……날 알아?"

"잘 알죠."

대리운전 기사는 진우였다.

진우가 몸을 틀어 윤성현 대리를 보고 있었다.

동시에 윤성현 대리의 미간이 확 일그러졌다.

겁을 먹었던 표정은 사라졌고 진우를 죽일 것처럼 노려보고 있었다.

"이런 미친 새끼가, 지금 뭐 하는 짓이야?!"

"일단 내리세요."

윤성현 대리가 넥타이를 풀어헤치며 차에서 내렸다.

그리고 험악한 말을 내뱉었다.

"여기에는 왜 끌고 왔어?!"

"부탁할 게 있어서 왔습니다."

"이 미친 새끼야, 부탁을 이런 곳에서 해?!"

"장소가 중요한가요?"

"됐고, 내가 오늘 너 죽여 버린다. 네가 날 납치했으니까, 너 죽여도 정당방위야."

윤성현 대리가 재킷을 벗어 던졌다.

190cm에 가까운 키에 거대한 덩치가 그대로 드러났다.

체형만 보면 진우 정도는 간단히 접어 버릴 것만 같다.

하지만 진우는 느긋했다.

심지어 미소를 그리며 입을 열었다.

"좋아요. 일단 맞고 시작합시다."

진우가 팔을 걷어붙이며 윤성현 대리를 향해 걸어왔다.

진우를 지켜보던 윤성현 대리가 낄낄 웃었다.

"나랑 싸우려고?"

"못할 것도 없죠."

"칼 같은 거 갖고 있는 것은 아니지?"

"그런 것은 걱정하지 마시고."

"너 진짜 미친 새끼구나?"

윤성현 대리가 진우의 멱살을 잡기 위해 손을 뻗었다.

동시에 '쩌억!' 폭력의 소리가 울리며 윤성현 대리의 얼굴이 휙 돌아갔다.

진우가 윤성현 대리의 뺨을 가격한 거다.

윤성현 대리의 뺨이 붉게 물들었다.

그런데, 윤성현 대리는 석상처럼 굳은 채 눈만 껌벅이고 있었다.

"날…… 때려?"

진우는 새파랗게 어리며 윤성현 대리에 비하면 체구도 작다.

그런 놈이 자신의 뺨을 때렸다.

믿을 수 없었다.

술에 취해 꿈을 꾸는 것만 같다.

하지만 뺨에서 느껴지는 통증은 진짜다.

이것은 꿈이 아니라 현실이다.

"넌 오늘 뒈졌다, 이 새끼야. 장례식장 예약해 둬라. 죽여 줄게."

"입으로 떠들지 마세요."

그 말을 끝으로 진우는 다시 윤성현 대리의 뺨을 가격하기 시작했다.

쩍! 쩍! 쩍!

한 대, 두 대, 세 대.

잔혹한 소리가 이어졌다.

"개새끼야!"

윤성현 대리가 주먹을 휘둘렀다.

하지만 진우는 가볍게 피하며 윤성현 대리의 인중에 정확히 주먹을 꽂았다.

콰직!

진우는 윤성현 대리가 휘청거리는 순간 놈의 머리채를 잡아채서 자신의 몸 쪽으로 잡아당겼다.

윤성현 대리의 허리를 강제로 굽히고 반대 손으로 관자놀이를 가격했다.

쩌억!

윤성현 대리는 정신을 차릴 수가 없었다.

진우의 과격한 폭력에 완벽히 노출된 채, 그저 얻어맞아야했다.

입술이 터지고 코에서 피가 흘러내렸다.

하지만 진우는 멈추지 않았다.

계속해서 주먹을 내리꽂았다.

퍽! 퍼억! 콰직! 뻐억!

진백 금융이 그룹에서 차지하는 비중은 크지 않다.

하지만 진우에게 진백 금융은 진우가 처음으로 만든 회사다.

그런 곳에서 일하는 새끼가 고객을 상대로 사기를 치고 있다.

꽈지지직!

"그, 그만…… 그만!"

급기야 윤성현 대리가 항복을 외쳤다.

하지만 진우는 대답하지 않았다.

이어지는 폭력.

윤성현 대리의 얼굴은 심각할 정도로 부풀어 올랐다.

피부색이 검게 변할 정도였다.

진우가 잡았던 머리채를 놓아주자 윤성현 대리가 털썩 주저앉았다.

그리고 울 것 같은 얼굴로 진우를 바라봤다.

"그만…… . 제발, 그만…… ."

윤성현 대리가 간절하게 말했다.

더 맞으면 진짜 죽을 것 같은 얼굴이었다.

하지만 진우는 고개를 저었다.

"아직 안 끝났어요."

"그만하라고! 경찰에 신고하기 전에!"

"신고?"

"그, 그만하면 신고 안 할게! 정말이야! 진짜야!"

진우가 품에서 종이를 꺼내더니 윤성현 대리를 향해 던지며 입을 열었다.

"읽어요."

윤성현 대리가 땅에 떨어진 종이를 주워 들었다.

그리고 적힌 내용을 보는 그 순간이었다.

"이, 이건…… ."

윤성현 대리의 표정이 뻣뻣하게 굳었다.

그것은 윤성현 대리에게 사기당한 사람들의 명단과 피해 액수였다.

　어제 진우는 황강식에게 전화를 걸었고 팩트 체크를 부탁했다.

　즉, 종이에 적힌 것은 모두 진실이었다.

　진우가 윤성현 대리를 향해 상체를 기울이며 낮은 목소리를 내뱉었다.

　"신고는 내가 할 건데요."

　"……!"

　"은퇴자들을 대상으로 사기를 쳤다는 게 세상에 알려질 겁니다."

　윤성현 대리의 손이 가늘게 떨렸다.

　이제는 폭행을 당한 게 문제가 아니다.

　진우가 이 명단을 회사에 보고한다면, 또는 경찰에 신고한다면, 윤성현 대리는 교도소에 가야 한다.

　언론에 윤성현 대리의 얼굴과 이름이 공개될 수도 있다.

　윤성현 대리는 심장이 덜컥거리는 것을 느꼈다.

　하지만 진우는 목소리를 멈추지 않았다.

　"진백에서는 가만히 있을까요? 회사의 명예를 실추시켰다는 명목으로 막대한 손해 배상을 청구할 것 같은데요."

　"……!"

　"그쪽 인생, 엿 된 겁니다."

윤성현 대리가 다급히 말했다.

"워, 원하는 게 뭐야? 돈? 줄게. 얼마나 필요해? 말해."

"돈은 필요 없고요."

진우의 눈빛과 목소리는 소름이 끼칠 정도로 냉랭했다.

그 눈빛을 본 윤성현 대리는 돈으로 해결할 수 없다는 것을 느꼈다.

그럼, 빌어야 한다.

윤성현 대리가 무릎을 꿇으며 간곡하게 말했다.

"하, 한 번만 봐줘. 제, 제발. 제발⋯⋯."

진우는 물끄러미 윤성현 대리를 바라봤다.

윤성현 대리의 사나웠던 눈빛은 사라졌다.

겁에 질린 눈동자가 보일 뿐이다.

그 모습은 비참했고 회사에서 보였던 고압적인 모습은 없었다.

이 정도면 됐다.

앞으로 충분히 이용할 수 있을 것 같다.

진우가 윤성현 대리의 앞에 한쪽 무릎을 굽혀 앉으며 입을 열었다.

"사기 친 돈은 전부 돌려드려요."

"그, 그럼⋯⋯ 신고 안 할 거야?"

"신고는 안 합니다."

"고, 고맙다. 정말 고마워."

"고마울 필요는 없죠. 오히려 내가 고마우니까요."

오히려 고맙다니.

윤성현 대리는 이해할 수 없었다.

진우가 윤성현 대리의 입에 담배를 물렸다.

그리고 낮은 목소리로 속삭였다.

"기억하세요. 사기죄의 공소시효는 10년."

"뭐?"

"관련 증거는 내가 갖고 있을 겁니다."

"그, 그게 무슨?!"

"그동안 우리는 친하게 지내야겠죠?"

"뭐?"

"내가 시키는 것은 뭐든 해야 할 겁니다."

윤성현 대리는 진우의 입가에 걸린 잔혹한 미소를 봤다.

그 미소가 뜻하는 것은 분명했다.

윤성현 대리더러 진우의 노예가 되라는 거다.

이제부터는 진우가 시키는 대로 해야 한다.

진우가 윤성현 대리의 어깨를 가볍게 토닥이며 계속 말했다.

"어떻게 생각하세요?"

선택지는 없었다. 윤성현은 피멍이 든 얼굴로 덜덜 떨며
말했다.

"하, 할게. 뭐든 할게."

다음 날, 진백 금융.

팀원들은 놀란 눈으로 윤성현 대리를 보고 있었다.

윤성현 대리의 얼굴은 말이 아니었다.

입술은 퉁퉁 부었고 뺨은 시커멓다.

누가 봐도 폭행을 당한 얼굴이었다.

팀장이 물었다.

"너 얼굴이 왜 그래? 싸웠어?"

싸운 게 아니라 일방적으로 맞은 거다.

그것도 진우에게 죽기 직전까지 처맞았다.

하지만 그런 말은 절대 할 수 없었다.

"친구들이랑 술 한잔하다가 시비가 붙었는데요. 걱정하실 건 없습니다. 잘 해결됐습니다."

팀장이 한심한 듯 윤성현 대리를 바라봤다.

"아이고…… 나이를 생각해라. 객기 부리다가 큰일 나."

"네."

잠시 후, 옥상의 흡연장이었다.

그곳에 진우와 윤성현 대리가 서 있었다.

윤성현 대리가 한숨을 내뱉으며 진우를 바라봤다.

"내가 뭘 할까?"

진우가 옥상의 난간에 팔을 걸치며 윤성현 대리를 바라봤다.

"한지성 전무의 방에 들어갈 방법을 생각해 봐요."

"……어?"

"거기서 가져올 게 있거든요."

한지성 전무는 정치인을 접대하기 위해 채용된 인간이다.

정치인에게 돈을 주고 술을 마시는 게 그놈의 역할이다.

즉, 그놈의 책상에 뇌물과 관련된 장부가 있을 게 분명하다.

그런데 윤성현 대리가 긴장한 표정으로 고개를 저었다.

"내, 내가 전무님 방에 어떻게 들어가?"

고작 대리다. 전무의 방을 드나들 권한은 없다.

하지만 진우는 그런 핑계를 용납하지 않았다.

"방법은 그쪽이 생각해야죠. 군대 갔다 왔으면 알잖아요? 까라면, 까야 하는 거."

윤성현 대리는 진우라는 이름의 악마에게 인생을 저당 잡혔다. 까라면 까야 하고, 전무의 방에 들어갈 방법을 생각하라면 생각해야 하는 거다.

더 큰 문제는.

"오늘 밤에 들어갔으면 좋겠네요."

진우의 휴가는 오늘까지다.

그래서 오늘 내로 깔끔하게 해결하기를 원하고 있었다.

하지만 윤성현 대리가 인상을 확 찡그렸다.

"오늘 밤? 그건 어려워!"

"감옥에 가기 싫다면, 그것도 알아서 하는 거죠."

윤성현 대리가 담배 연기를 길게 내뱉었다.

그리고 진우를 보며 물었다.

"너 정체가 뭐야? 대학생 아니지?"

"......?"

"밑도 끝도 없이 전무님 방에 들어가라고? 그게 말이나 된다고 생각해?!"

진우가 피식 웃었다.

"많은 걸 알려고 하지 마세요."

"......설마, 다른 회사 스파이 뭐 그런 거야?"

"그런 거 아니고요. 그룹 감사팀 쪽과 가깝다고만 알아 두시죠. 많이 알수록 다쳐요."

"가, 감사팀?"

진우는 거짓말은 안 했다.

가깝다고 했지, 감사팀이란 말은 안 했기 때문이다.

하지만 윤성현 대리의 표정은 처참했다.

자신의 치부가 감사팀에 걸렸다고 생각했는지, 묵묵히 담배를 피우는 모습이 안쓰럽게 느껴질 정도였다.

그리고 그날 밤이었다.

진우는 회사 근처의 커피숍에 앉아 한가히 커피를 마시고 있었다.

윤성현 대리와 약속이 되어 있어서다.

윤성현 대리는 진우에게 8시 30분에 이곳에서 만나자고 했다.

그런데 슬쩍 시간을 확인해 보니, 8시 55분이었다.

'늦어?'

생각할 때였다.

커피숍의 문이 열리고 윤성현 대리가 들어왔다.

진우의 맞은편에 다급히 앉은 윤성현 대리가 얼음물을 벌컥벌컥 마셨다.

그리고 컵을 탁 내려 두며 입을 열었다.

"그런데, 지금이라도 다시 생각하면 안 될까? 이거 걸리면 진짜 큰일 나. 그냥, 감사팀에 알려서 문 따고 들어가면 안 돼?!"

"무작정 문 따고 들어갈 수 있었다면 이렇게 번거로운 짓을 시작했을까요? 그리고 이미 큰일 날 짓을 한 사람이 왜 이렇게 긴장을 하실까?"

"전무라고, 전무!"

"전무든 사장이든 상관없고요. 들어갈 방법이나 말하세요."

윤성현 대리는 말이 통하지 않는다는 표정으로 진우를 바라봤다.

그러다가 한숨을 푹 내뱉으며 입을 열었다.

"전무님 비서가 내 친구야."

윤성현 대리는 점심시간에 전무의 비서를 찾아가 부탁을 했다고 한다.

"전무 자리에 앉아 보는 게 내 직장 생활의 목표라고 했지. 전무님 의자에 앉아서 사진 한번 찍으면 안 되냐고 부탁을 했어. 그랬더니, 전무님이 8시에 퇴근하니까 9시에 오라고 하더라고."

"그래서요?"

"내가 사진 한 번 찍고 비서랑 휴게실 가서 커피 마시고 있을 테니까, 들어가서 네가 원하는 걸 찾아가."

진우의 입가에 미소가 걸렸다.

퇴근한 간부들의 사무실은 철저히 잠겨 있다.

보안을 위해서다.

그런데 몰래 들어가기 위해 비서를 이용하다니.

심플하지만, 꽤 괜찮은 방법이었다.

"그럼, 가시죠."

계획이 세워졌는데, 시간을 지체할 필요는 없다.

진우는 곧장 몸을 일으켰다.

드디어 전무의 방에 들어갈 기회가 생겼고, 이 회사에 잠입한 목적을 이룰 수 있게 됐다.

그리고 밤 9시.

진백 금융의 복도는 조용했다.

대부분의 사람이 퇴근했기 때문이다.

그 고요한 복도에 진우와 윤성현 대리의 발소리만이 울리고 있었다.

"안 걸리고 잘할 수 있지? 10분이야. 10분 안에 찾아야 해!"

윤성현 대리는 불안했나 보다.

걸렸을 때를 걱정하며 몇 번이나 물었다.

그때마다 진우는 평소와 다른 다정한 목소리로 대답해 줬다.

"3분 안에 찾아낼 테니까, 걱정할 필요 없습니다."

지나친 긴장은 일을 망친다.

일이 잘 해결하려면, 윤성현 대리의 불안감을 잠재워 줄 필요가 있다.

이럴 때 필요한 것은 확신이다.

"진짜지? 내가 10분만 시간 끌면 되는 거지?"

"네."

그렇게 한지성 전무의 사무실 근처에 섰을 때였다.

윤성현 대리가 긴장된 가슴을 쓸어내리며 입을 열었다.

"잠깐만 기다려."

"다녀오세요."

윤성현 대리가 한숨을 크게 내뱉은 후, 한지성 전무의 사무실로 이동했다.

진우는 윤성현 대리의 뒷모습을 바라보며 벽에 등을 기댔다.

이제 진우는 윤성현 대리가 비서와 함께 사무실에서 나오기만을 기다리면 된다.

그때, 낯선 발소리가 들렸다.

진우의 시선이 다급히 소리가 나는 쪽으로 틀어졌다.

뱃살이 두꺼비처럼 빵빵한 사람이 걸어오고 있었다.

'이주영 상무?!'

놈은 한지성 전무와 막역한 사이다.

그놈이 이곳에 나타났다.

진우가 복도의 끝으로 몸을 숨겼다.

"전무님, 방 비밀번호가 뭐라고요? 0917? 알겠어요. 그거 가지고 그쪽으로 넘어가면 되는 거죠?"

이주영 상무는 한지성 전무와 전화하고 있었다.

통화를 종료한 뒤, 불만 가득한 목소리를 내뱉었다.

"에이…… 그건 왜 놓고 가서 나한테 심부름을 시키고 있어? 내가 심부름할 짬밥이야?"

이주영 상무는 한지성 전무가 실수로 놔두고 간 것을 찾으러 가는 중이었다.

놈이 향하는 곳은 당연하게도 한지성 전무의 방.

그런데 윤성현 대리와 비서는 아직 나오지 않았다.

진우가 다급히 휴대폰을 손에 들었다.

윤성현 대리에게 전화하기 위해서다.

그리고 통화 버튼을 누르려던 순간이었다.

이주영 상무가 진우가 숨어 있는 복도의 옆을 스치고 있었다.

그런데 진우는 통화 버튼을 누르지 않았다.

휴대폰을 품에 넣은 채, 전무의 방으로 들어가는 이주영 상무를 바라보고 있었다.

곧 호통이 들려왔다.

윤성현 대리와 비서의 행동이 걸린 거다.

"뭐 하는 짓거리야?!"

그런데 그 목소리를 듣는 진우의 입가에는 미소가 지어져 있었다.

Chapter 4

그 시각, 윤성현 대리의 얼굴은 사색이 되어 있었다.

그 표정은 사형선고를 기다리는 범죄자와 같았다.

"저, 저기, 상무님……."

"뭐 하는 짓이냐고 물었잖아!"

이주영 상무의 호통이 이어질 때마다 윤성현 대리는 움찔거렸다.

"대답 안 해?!"

윤성현 대리가 이곳에 들어온 이유는 진우에게 약점을 잡혔기 때문이다.

하지만 그렇게 솔직하게 말할 수는 없었다.

그것은 진짜 범죄이기 때문이다.

윤성현 대리가 다급히 허리를 구십 도로 굽히며 간절하게 외쳤다.

"죄, 죄송합니다! 제가 엄 비서랑 사귀는 사이인데, 같이 퇴근하려고 왔다가 전무님 방을 구경 한번 해 보고 싶어서……."

윤성현 대리는 상황을 모면하기 위해 말도 안 되는 변명을 내뱉었다.

비서도 살기 위해 그 말에 동조했다.

"마, 맞아요. 저희는 사귀고 있었어요!"

하지만 상대는 상무였다. 어설픈 변명이 통하기는 어려웠다.

"헛소리하지 말고 따라와!"

이주영 상무가 날카롭게 말하며 몸을 틀었고, 윤성현 대리와 비서는 참혹한 얼굴로 그 뒤를 쫓아야 했다.

그렇게 방문이 '쾅!' 소리와 함께 닫히며 살벌했던 공간이 적막해졌다.

그런데 잠시 후.

아무도 없는 공간에 비밀번호 누르는 소리가 '삑삑삑' 들리며 문이 열렸다.

그리고 검은 그림자가 그곳에 들어왔다.

그림자의 주인공은 진우였다.

진우가 느긋하게 전무의 방을 살피고 있었다.

'이게 이렇게 풀리네…….'

윤성현 대리가 걸리며, 계획이 어긋났다고 생각했다.

그런데 진우는 방금 이주영 상무가 통화하는 소리를 들었다.

그 대화에는 이 방의 비밀번호가 포함되어 있었고, 진우는 그것을 정확히 기억하고 있었다.

'오히려 잘됐어.'

진우는 이주영 상무가 나타난 게 오히려 잘됐다고 생각했다.

윤성현 대리가 계획했던 시간은 단 10분이었지만, 이제는 그 이상의 시간이 확보됐기 때문이다.

백동하였을 때의 기억을 되살려 보면 이주영 상무는 말이 많은 사람, 적어도 1시간은 윤성현 대리와 비서를 갈굴 게 분명했다.

그 덕에 진우는 이 방에서 느긋하게, 그리고 심도 있게 뇌물의 흔적을 찾을 수 있게 됐다.

뭐, 윤성현 대리는 난처한 상황에 처했겠지만, 그런 것은 아무래도 상관없다.

그건 윤성현 대리가 알아서 해결할 일이다.

진우는 머리를 쓸어 넘긴 후, 비리의 증거를 찾기 시작했다.

'있을 텐데……'

진우는 책상과 책장, 심지어 소파의 틈까지 확인했다.

밤 11시, 진백 금융에서 멀지 않은 호프집이었다.

윤성현 대리가 처참한 표정으로 소주를 마시고 있었다.

한 잔, 두 잔…… 어느새 테이블에 소주 세 병이 놓였다.

윤성현 대리의 입에서는 끊이지 않고 한숨이 흐르는 중이었다.

"씨발……."

그때, 그 앞으로 진우가 앉았다.

윤성현 대리가 소주잔을 툭 내려 두며 입을 열었다.

"인생 하직할 뻔했다."

"하직 안 한 것을 보면, 잘 끝났나 봐요?"

"손이 발이 되도록 빌고 변명에 변명을 내뱉어서 겨우 풀려났어."

"고생하셨어요."

윤성현 대리가 진우를 쏘아보며 말했다.

"야, 이건 아니잖아?! 사기는 쳤지만, 시계랑 차까지 팔아서 고객 돈은 다 돌려줬고 앞으로는 그런 짓……."

하지만 윤성현 대리의 목소리는 이어지지 못했다.

진우가 픽 웃으며 입을 연 거다.

"애초에 죄를 짓지 말았어야죠."

"야!"

"앞으로도 종종 부탁할 게 있을 테니까, 잘 부탁해요. 그게 싫으면, 교도소를 가세요. 교도소 문은 언제든 활짝 열려 있을 겁니다."

윤성현 대리가 입술을 씹었다.

약점이 잡혀 있는 이상 공소시효가 끝날 때까지 진우의 꼭
두각시로 살아야 한다는 것을 깨달은 거다.

윤성현 대리가 술잔을 채우며 불안한 표정으로 물었다.

"그래서? 네가 원하는 것은 찾았어? 또 들어가야 하는 것
은 아니지?"

진우가 빙긋이 웃었다.

"덕분에 잘 찾았습니다."

잠시 후, 새벽 1시.

집으로 돌아온 진우는 샤워를 하고 방으로 들어갔다.

그리고 침대에 누워 휴대폰을 손에 들었다.

휴대폰 화면에 사진이 떠올라 있었다.

그건 전무의 방에서 찍어 온 비리 장부였다.

'정기적으로 뇌물을 받는 정치인은 김대상 의원을 포함해
서 총 일곱 명……'

장부에는 뇌물을 주고받은 시간과 장소가 자세히 적혀 있
었다.

심지어 차량에 돈이 실리는 장면을 사진으로 인화해서 붙
여 놓기까지 했다.

언제든 협박을 할 수 있게 준비한 거다.

그런데, 그들의 이름을 살피던 진우가 고개를 갸웃거렸다.

'잠깐만······.'

진우가 침대에서 내려와 책상 서랍을 열었다.

지난번, 강진식이 줬던 자료가 보였다.

진우가 자료를 펼친 뒤, 조학주가 만나고 다니는 정치인들의 이름을 찾았다.

그리고 진백 금융에서 돈을 받은 사람과 그 이름을 비교했다.

예상대로다. 조학주와 만나는 사람 중에 그 일곱 명도 포함되어 있었다.

진우는 그 명단을 살피며 하나의 가설을 세워 봤다.

–진백 금융에서 정기적으로 뇌물을 바치는 것은 조학주의 지시다.

–진백 금융 외에도 정기적으로 뇌물을 주는 곳이 있을 거다.

하지만 가설은 거기까지였다.

진우는 확실하지 않은 것을 고민하며 시간을 낭비하고 싶지 않았다.

지금은 확실한 것부터 확인해야 한다.

그것은 진백 엔터가 진백 금융처럼 뇌물을 주고 있는지에 대한 것이었다.

그리고 그것을 알아보는 것은 어렵지 않을 거다.

지난번, 오명훈과 함께 김지원의 차량에 도청장치를 설치해 뒀기 때문이다.

그렇게 며칠이 지났다.

퇴근한 진우는 송파의 족발 가게로 향했다.

먼저 앉아 소주를 마시던 오명훈이 진우를 반겼다.

진우가 오명훈의 맞은편에 앉으며 물었다.

"도청에서 잡아낸 것은 있나요?"

오명훈이 젓가락으로 족발을 집으며 고개를 저었다.

"통화 내용을 들어 봤는데, 별거 없었어. 걔는 친구도 없나 봐. 방송국이나 공연 기획사 사장이랑 연락하면서 백서연의 일정을 잡는 게 전부야."

"정치인은 전혀 없었고요?"

"없었다니까."

도청장치를 설치했던 게 2주 전이었다.

정치인에게 정기적으로 뇌물을 주고 있다면, 그 시간 동안 그들과 전화 한 통은 했을 게 분명하다.

하지만 전화가 없었다면, 그 뜻은 하나다.

진백 엔터가 높은 확률로 정계와 관련이 적다는 거다.

'그렇다는 거지?'

진우가 슬쩍 웃었다.

그들의 집안에 갈등의 씨앗을 또 하나 심을 수 있을 것 같
았다.

다음 날, 진백 엔터의 대표이사실.
진우는 백서연을 만나고 있었다.
백서연의 눈빛에는 의문이 가득했다.
진백 금융에 심어 둔 첩자를 통해 진우의 행동을 보고받았
는데, 이해할 수 없는 게 많았기 때문이다.
"대리의 책상을 뒤졌다고 들었어요. 도대체 뭘 한 거죠?"
진우가 다리를 외로 꼬며 입을 열었다.
"과정은 생략하고 결과만 말씀드릴게요."
"과정을 생략한다?"
"진백 금융에서 정치인에게 뇌물을 주고 있다는 것을 확인
했습니다."
백서연이 어이없다는 듯 웃었다.
"정치인에게 용돈을 주는 게 특별한 일은 아니라고 생각하
는데요. 설마, 경찰이니까 그걸 문제 삼으려고 했나요?"
"……."
"그러지 마세요. 미안한데요. 이진우 경장의 힘으로 할 수
있는 것은 없어요."

백서연의 말대로다.

진우의 힘으로 그런 비리를 폭로하기는 어렵다.

상대는 재벌이고 정치인이다.

파출소 경장 따위가 그들의 비리를 알리겠다고 설치면, 쥐도 새도 모르게 살해당할 수도 있다.

윗선에 보고해도 마찬가지다.

소리 소문 없이 덮일 게 분명하다.

하지만 진우가 백서연에게 전하려는 것은 그런 게 아니었다.

"진백 금융에서 정기적으로 정치인을 만나 뇌물을 주는 것도 알고 계셨나요?"

그 말과 동시에 백서연의 행동이 멎었다.

백서연이 눈동자만 움직여 진우를 바라봤다.

"정기적으로 돈을 주고 있다고요?"

"네."

"정말?"

"제가 왜 거짓말을 하겠어요?"

백서연이 믿을 수 없다는 표정을 지었다.

그리고 그 표정을 본 순간 진우는 확신했다.

예상대로 백서연은 그 사실을 모르고 있다.

그렇다면 지금부터는 백서연을 휘두를 시간이다.

진우가 백서연을 향해 상체를 기울이며 입을 열었다.

"진백 금융에서 뇌물을 담당하는 게 한지성 전무죠? 그 사

람의 뒤를 캐다가 알아낸 정보예요. 진백 금융은 분기에 한
번씩 정치인에게 돈을 주고 있었습니다."

"말도 안 돼……."

진백이 뇌물을 주는 것은 크게 두 가지다.

진백의 일을 도왔거나 당선된 직후에 칭찬과 격려의 개념
으로 돈을 주고 있다.

그런데 정기적으로 돈을 주고 있다니…….

하지만 다른 사람도 아닌 진우의 입에서 나온 말이다.

게다가 한지성 전무의 이름도 거론됐다.

그것은 진우가 뇌물 사건에 꽤 깊이 파고들었다는 뜻이다.

즉, 믿을 수밖에 없었다.

백서연이 다급히 물었다.

"누, 누구한테 돈을 주고 있는 거죠?!"

진우가 피식 웃었다.

"대표님, 제가 진백 금융에 있었던 게 고작 3일이에요. 그
짧은 시간에 거기까지 파악하기는 어렵죠."

물론, 거짓말이다.

진우는 진백 금융에서 뇌물을 받고 있는 사람이 누구인지
확실히 알고 있었다.

하지만 밝히지 않았다.

정보는 알고 있는 사람이 적을수록 가치가 크다.

여기저기 떠들고 다니면, 나중에 필요할 때 사용할 수 없다.

훗날 그들을 꼭두각시로 이용하려는 진우에게 그 명단은 무기와 같았다.

그래서 진우는 힘을 얻어 그 사건을 이용할 수 있을 때까지 그 사건을 묻어 두려 한다.

그사이 백서연은 생각하고 있었다.

백철영이 정치인에게 돈을 주는 이유가 회장이 되기 위한 발판을 만들기 위해서라고.

백철영이 다른 형제보다 빠르게 움직이고 있다고.

하지만 그 생각은 이어지는 진우의 말에 부서졌다.

"자세한 것은 모르지만, 조학주 실장의 지시인 것 같습니다."

"……네?!"

"그리고 진백 금융만이 아니라 다른 계열사에서도 정치인에게 정기적인 뇌물을 주는 것으로 예상됩니다."

백서연이 눈을 깜빡였다.

"조학주 실장의 지시라고요?! 다른 계열사에서도 돈을 주고 있다고요?!"

"높은 확률로 그럴 겁니다."

백서연의 미간이 찌푸려졌다.

'나만 빼고 오빠들한테만 지시하고 있었나?!'

백서연의 머릿속에 갖가지 생각이 꼬리에 꼬리를 물고 이어졌다.

그리고 얼마 전, 엄마 진우령이 백서연을 결혼시키려 했던 것을 떠올렸다.

백서연은 그 모든 게 자신을 무시하기 때문이라고 생각했다.

가족에게 따돌림을 받는다고 여겼다.

생각을 이어 가던 백서연은 작은 주먹을 꽉 쥐었다.

'짜증 나.'

그런데, 백서연은 몰랐다.

진우는 백서연의 표정을 지켜보며 슬쩍 웃고 있었다.

지금 진우는 백서연에게 또 하나의 갈등, 그 씨앗을 심었다.

앞으로 그들의 가족은 정말 엿같은 상황에 놓이게 될 거다.

다음 날.

진우는 파출소의 소파에 앉아 커피를 마시고 있었다.

텔레비전의 예능 프로그램에서는 진백의 소식을 다루고 있었다.

－백동하 회장이 있을 때부터, 진백의 형제들은 사이가 좋기로 유명했죠? 특히 백철영 대표와 백서연 대표는 우애 좋은 남매로 소문이 났어요. 백철영 대표는 백서연 대표의 생일이면, 꼭 그림을 선물한다고 하는데요.

가식이 통하는 세상이다.

카메라 앞에서 억지로 웃는 백철영과 백서연의 영상을 보며 사람들은 칭찬을 이어 가고 있었다.

텔레비전을 보던 진우가 피식피식 웃을 때였다.

김재혁 경사가 진우를 이상한 놈 보듯 바라보며 말했다.

"뭘 그렇게 실실 웃고 있어? 좋은 일 있으면, 같이 좀 웃자."

"아, 그냥 기대되는 일이 있어서요."

"뭔데?"

"있어요."

"새끼가……."

김재혁 경사가 인상을 썼다.

하지만 '앞으로 펼쳐질 진백의 막장 싸움을 기대하고 있습니다.' 같은 말을 하기는 어려웠다.

당장 벌어질 일도 아닌데, 가식적으로나마 사이좋은 저들을 향해 그런 말을 하면 미친놈 취급을 받을 게 분명했다.

이럴 때는 대답 대신 빨리빨리 순찰을 나가는 게 낫다.

"순찰 준비하겠습니다."

그때였다.

파출소의 문이 열리고 한 삼십대 중후반의 남자가 들어왔다.

꽤 지친 표정이다.

날씨가 덥지도 않은데, 옷이 땀으로 흥건했다.

덥수룩한 머리에 낡은 점퍼.

그런데 어디서 본 것 같은 인상이다.

진우가 눈을 가늘게 뜨며 남자를 바라봤다.

남자 역시 시선을 느꼈는지 진우를 향해 시선을 틀었다.

그렇게 눈이 마주친 순간이었다.

'저 사람……'

기억났다.

남자는 자동차 자율주행에 필요한 인공지능을 연구했던 사람이다.

백동하는 그것이 반드시 필요한 산업이라 생각했고 투자를 지시했다.

그런데, 남자는 진백의 투자 제안을 거절했다.

거절의 이유가 뭔지는 자세히 모른다.

하지만 조학주의 보고에 따르면, 진백 같은 악마의 기업과는 거래하고 싶지 않다는 말을 남겼다고 했다.

그리고 남자의 소식은 그게 끝이었다.

이후 어떻게 살고 있는지 소식이 완벽히 끊겼었다.

그런데 그 남자가 파출소에 나타난 거다.

백동하였을 때 알았던 반가운 얼굴이다.

그런데 낡은 점퍼와 늘어진 티셔츠 그리고 밑창이 다 닳은 신발까지, 남자의 옷에서는 가난의 냄새가 강하게 풍겼다.

진우가 씁쓸한 표정을 지었다.

'그때 진백의 투자를 받았다면 떵떵거리며 살았을 텐데……'

미래가 기대되던 벤처사업가가 저런 모습으로 살고 있다는 사실이 어쩐지 가슴 아팠다.

그런데, 그때였다.

진우의 머릿속에서 능력이 펼쳐졌다.

그것은 흑백이었다.

과거를 보여 주는 것이었다.

어두침침한 룸살롱이었다.

그곳에 남자가 무릎을 꿇고 앉아 있는 게 보였다.

남자의 몸이 와들와들 떨리고 있었고, 긴장된 눈동자는 갈 곳을 잃은 채 흔들리고 있었다.

그런 남자가 바라보는 곳에 조학주가 있었다.

조학주가 특유의 건조한 목소리로 입을 열었다.

"내가 할 말은 하나야. 진백의 투자를 받지 말고 이 바닥을 떠나."

"시, 실장님?!"

"그러지 않으면, 검찰의 수사가 시작될 거야. 국세청도 함께 움직이겠지. 자네에게 죄가 없어도 상관없어. 죄는 짓는 게 아니라 만드는 거니까."

"실장님!"

남자의 목소리는 처절했다.

하지만 조학주는 그 목소리를 외면하며 다시 술잔에 술을 채웠다.

그러다가 문득 생각난 듯 입을 열었다.

"아, 자네의 아내가 임신을 했다고 들었어. 아직 의사가 성별은 말 안 해 줬지? 축하해. 딸이래."

그 말과 동시에 남자의 얼굴은 핏기 없이 창백해졌다.

조학주는 남자의 아내가 다니는 병원까지 알아낸 상태였다.

심지어 의사를 통해 남자도 모르는 자식의 성별까지 알고 있었다.

그 말의 의미는 분명하다.

말을 듣지 않으면, 심각한 위기에 빠질 수도 있다는 거다.

남자가 땅에 처박듯 고개를 숙였다.

"아, 알겠습니다. 진백의 투자를 받지 않고 이 바닥을 떠나겠습니다. 그러니까, 아내와 자식은…… 건들지 말아 주십시오."

조학주가 속을 알 수 없는 눈빛으로 남자를 내려다보며 입을 열었다.

"예쁜 딸. 잘 키우도록 해."

그 말을 끝으로 남자는 힘겹게 몸을 일으켰다.

그리고 조학주를 향해 천천히 허리를 굽혔다.

그런데, 남자가 멈칫거렸다.

시선을 들어 다시 조학주를 바라봤다.

"그런데, 왜 이러시는 겁니까? 실장님도 진백의 사람이잖습니까? 이유를 알고 싶습니다. 혹시, 소문이 진짜입니까?"

소문이란 단어와 함께 조학주의 표정이 처음으로 변했다.

입가에 소름 끼칠 정도로 차가운 미소가 걸린 거다.

"궁금한 게 많은 사람은 일찍 죽는 법이야."

능력이 끝나는 동시에 진우가 벌떡 일어서서 남자를 바라봤다.

혼란스러웠다.

지금 본 과거는 진우가 알던 것과 달랐다.

조학주는 남자가 투자를 거절했다고 보고했었는데, 능력을 통해 본 과거는 아니었다.

조학주가 남자를 협박해서 떠나게 만든 거다.

'……왜?!'

그리고 남자가 내뱉은 '소문'이란 것은 무엇일까, 이해할 수 없는 상황이 머릿속을 뒤죽박죽 헤집고 있을 때였다.

한 경찰이 남자에게 다가갔다.

"선생님? 도와드릴 일이라도…….."

남자가 다급히 경찰을 바라봤다.

"제 딸이 실종됐어요!"

"……네?!"

"곡언 초등학교에 다니는데, 2학년이거든요? 학교에 간다고 나갔는데, 학교에서는 아직 안 왔다고 연락이 왔고요. 갈 만한 곳은 다 찾아봤는데요."

남자는 긴장한 상태였고 말에는 두서가 없었다.

하지만 중요한 것은 딸이 실종됐다는 거다.

"차, 찾아 주세요! 제발, 제 딸을…… 찾아 주세요!"

그때, 김재혁 경사가 진우의 어깨를 툭 쳤다.

"뭐 해? 사건 접수받았잖아? 나가서 시동 걸어."

김재혁 경사의 표정은 평소와 달랐다.

심각할 정도로 진지했다.

"어서!"

"네."

진우와 김재혁 경사는 빠르게 파출소를 빠져나가 순찰차에 올랐다.

진우가 시동을 걸고 핸들을 틀자 김재혁 경사가 입술을 쓸며 입을 열었다.

"신호 무시하고 곡언 초등학교로 밟아."

곡언 초등학교는 남자의 딸이 다니는 곳이다.

진우가 액셀을 밟는 사이 김재혁 경사가 파출소에 있는 경찰에게 전화를 걸었다.

"오 경장. 아버님한테 아이가 오늘 어떤 옷을 입었는지, 집은 어디인지 물어보고 아이 사진을 받아서 나한테 보내."

김재혁 경사가 통화를 종료하며 진우에게 말했다.

"다른 사건도 그렇지만 이런 것은 더 빨리 움직여야 해."

유괴의 가능성이 있어서다.

"아동 유괴 사건의 골든타임은 3시간 이하야."

단순 실종이 아니라 정말로 유괴라면, 3시간이 지나기 전에 아이를 찾아야 생존율이 올라간다는 뜻이다.

그래서 김재혁 경사는 남자의 말을 다 듣지 않고 서둘러 파출소를 뛰쳐나왔다.

지금은 단 1분도 낭비할 수 없는 시기였다.

그렇게 초등학교 앞에 도착했을 때, 김재혁 경사의 휴대폰이 진동했다.

파출소에 있는 경찰에게서 메시지가 온 거다.

메시지에는 아이의 사진과 오늘 입은 옷 그리고 집주소가 적혀 있었다.

김재혁 경사가 진우에게 아이의 사진을 보여 주며 말했다.

"사진, 메시지로 보낼게. 기억해 두도록 해. 그리고 나는 정문 쪽에서부터 시작할 테니까, 너는 후문 쪽에서부터 움직여. 뭘 해야 하는지는 알지?"

"네."

진우는 김재혁 경사와 갈라졌다.

초등학교의 후문으로 향하며 거리의 CCTV를 바라봤다.

저것들은 이미 경찰에서 확보하고 있을 거다.

하지만 가게와 자동차의 블랙박스는 조금만 시간이 지나도 삭제된다.

삭제되기 전에 확보해야 한다.

진우는 가게를 돌아다니며, CCTV를 확인했다.

"경찰입니다. 실종 아동이 있어서요. 가게 밖에 CCTV가 있던데, 확인할 수 있을까요?"

심지어 골목에 주차된 자동차의 블랙박스도 확인했다.

아동이 실종됐다는 말에 사람들은 모두 흔쾌히 도움을 줬다.

하지만 어디에서도 아이의 흔적은 보이지 않았다.

그렇게 진우는 가게를 지나 아이의 집 앞에 도착했다.

먼저 도착한 김재혁 경사가 담배를 피우고 있었다.

"찾은 거 있어?"

"경사님은요?"

"빈손."

김재혁 경사도 찾아낸 게 없었다.

김재혁 경사가 담배 연기를 내뱉으며 인상을 찌그렸다.

"땅으로 꺼진 것도 아니고 CCTV가 이렇게 많은데, 안 보이는 게 말이 돼?!"

유괴를 당했을지도 모른다는 불길한 생각이 스멀스멀 머리를 채우고 있을 때였다.

김재혁 경사의 휴대폰이 진동했다.

발신번호는 오성민 팀장이었다.

그리고 오성민 팀장의 입에서 원치 않는 소식이 전해졌다.

-유괴다.

"......!"

－일단 파출소로 복귀해.

파출소의 분위기는 퍽퍽했다.

모두가 심각한 표정으로 오성민 팀장을 보고 있었다.

오성민 팀장이 한숨을 내뱉으며 입을 열었다.

"범인에게서 연락이 왔어."

10분 전, 범인이 아이의 아빠에게 전화를 걸었다.

－당신 딸을 데리고 있다. 아이의 몸값은 3억. 하루 줄 테니까, 준비해 둬라. 알겠지만, 경찰에 신고하는 순간 딸의 목숨은 안전하지 못할 거다.

음성은 컴퓨터로 변조되어 있었고 당연히 대포폰이었다.

"지금 우리가 알고 있는 것은 범인이 전화를 건 장소가 서안시의 중심가라는 게 전부야."

"……!"

"그리고 서장님의 지시로 유괴 전담 TF팀이 만들어졌어."

유괴에 대응하는 경찰의 행동은 발빨랐다.

순식간에 팀이 구성된 거다.

"TF팀이 곧 우리 파출소에 도착할 거야."

곡언 파출소는 남자의 집과 가장 가까운 장소였다.

상황 변화에 즉각 대처할 수 있다는 판단 때문에 이곳이 유괴 전담 TF팀의 본부로 결정됐다고 한다.

물론 TF팀만 아이를 찾는 것은 아니다.

서안시에 있는 모든 경찰이 아이를 찾기 위해 움직일 거다.

TF팀은 그 중심이 될 뿐이다.

오성민 팀장의 말이 끝나기가 무섭게 스무 명의 유괴 전담 TF팀이 파출소로 들어왔다.

그중에는 익숙한 얼굴도 몇 있었다.

윤혜림과 성무택 경사 그리고 강력4팀의 뺀질이였다.

성무택 경사는 진우와 가볍게 눈인사를 나눴지만, 윤혜림과 뺀질이는 아니었다.

윤혜림은 진우를 외면했고, 뺀질이는 왜 저럴까 싶을 정도로 쓸데없이 진우를 노려봤다.

그렇게 마지막으로 TF팀의 팀장이 파출소에 도착했다.

"신세 좀 지겠습니다~."

TF팀의 팀장은 경기 북부 경찰청에서 범죄 분석관으로 활동하고 있는 김일호 경정이었다.

범죄 분석관이란 흔히 알고 있는 프로파일러다.

두 번 정도 유괴 사건을 해결한 경력이 있다고 한다.

김일호 팀장은 가볍게 인사한 후, 손뼉을 짝 치며 모두를 집중시켰다.

"시간 끌 필요 없죠? 빠르게 움직입시다!"

김일호 팀장이 모두를 향해 말을 이었다.

"알겠지만, 비공개 수사입니다. 혹시나 기자들이 냄새 맡고 빨대 꽂으려 해도 입 다물고 계세요."

그리고 김일호 팀장의 시선이 진우에게 틀어졌다.

"그쪽이 이진우 경장?"

"네."

"이진우 경장과 김재혁 경사는 지금 하는 일 정지하고 우리 쪽에 합류하세요."

"······네?"

"서장님 지시."

그때, 김일호 팀장의 말을 듣던 오성민 팀장이 고개를 갸웃거렸다.

김재혁 경사는 이해가 간다.

강력팀에 있을 때 날고뛰었던 에이스이기 때문이다.

그런데 진우까지 포함되다니.

물론, 진우가 그간 대단한 활약을 펼친 것은 사실이다.

하지만 이런 사건은 경험이 중요하다.

초보자가 날뛰었다가 최악의 상황으로 이어질 수도 있어서다.

"잠깐만요, 서장님 지시라고요? 이진우 경장을 왜?"

오성민 팀장의 의문 가득한 눈빛에 김일호 팀장이 어깨를 으쓱거렸다.

"나도 마음에 안 들어요. 그래서 따졌죠. 그랬더니, 뭐라
고 하시는 줄 압니까? 이진우 경장이 운이 좋답니다."

"네? 운이요?"

"네, 저도 듣고 황당했어요. 씨발, 유괴 사건을 운으로 해
결하는 게 말이 됩니까? 그런데, 어쩌겠어요. 계급 낮은 놈
이 고개 숙여야죠."

김일호 팀장의 시선이 진우에게 틀어졌다.

김일호 팀장의 눈빛에 진우에 대한 기대는 전혀 없었다.

애물단지를 떠맡은 것처럼 귀찮아 보였다.

"이진우 경장. 중요한 일은 안 시킬 테니까, 커피나 타세요."

"……!"

"그게 싫으면 말하세요. 그쪽이 거부했다고 서장님한테
보고하면 되니까요. 사실, 그게 서로 편하지 않나요?"

김일호 팀장은 대놓고 재수 없었다.

눈빛은 물론이고 말투조차 삐딱했다.

진우를 대놓고 무시하고 있었다.

진우 역시 저런 놈과 함께하고 싶지 않았다.

하지만.

"TF팀에 참여하겠습니다."

"하겠다고요?"

"네."

"그래요. 그럼, 그러세요."

진우는 능력에서 들었던 '소문'에 대해 알고 싶었다.

그걸 물어보기 위해서는 일단 남자의 딸을 찾아 줘야 한다.

김일호 팀장의 시선이 다시 모두에게로 틀어졌다.

"그럼, 시작합시다."

이제 본격적으로 남자의 딸을 찾아 줄 시간이다.

김일호 팀장이 TF팀의 팀원들에게 각각의 임무를 지시했다.

"1팀은 탐문수사를 하고 2팀은 피해자의 집 근처에 거주하는 성범죄자를 수사하세요. 그리고 3팀은⋯⋯."

물론, TF팀만 움직이는 게 아니었다.

서안시의 경찰은 음주단속을 핑계로 검문검색을 했다.

TF팀을 포함한 이백여 명의 경찰이 서안시 전역을 들쑤시기 시작한 거다.

그 모든 것은 은밀하게 이뤄지고 있었다.

범인에게 경찰이 움직인다는 것을 알리면 안 되기 때문이다.

그런데 김일호 팀장은 진우에게 어떤 지시도 내리지 않았다.

진우가 먼저 물어봐야 했다.

"저는 뭘 할까요?"

김일호 팀장이 물끄러미 진우를 보다가 귀찮다는 듯 대충 대답했다.

"이진우 경장은 사복으로 갈아입고 피해자의 집 근처에서 대기하세요."

"네?"

"범인이 집 주변을 얼쩡거릴 수도 있잖아요. 수상한 사람이 나타나면, 연락하시고요."

말도 안 되는 지시였다.

시킬 게 없으니까 급조한 느낌마저 들었다.

"범인이 여자인지 남자인지도 모르는데, 수상한 사람을 찾아내라고요?"

"하기 싫으면, 빠지세요. 서장님한테 그렇게 보고하면 되니까."

김일호 팀장의 이어지는 무시에 뺀질이가 히죽 웃었다.

두 사람의 모습을 보며 진우에게는 또 하나의 목표가 생겼다.

아이를 찾는 것은 물론이고 저 두 놈의 얼굴에 엿을 집어 던지겠다고.

진우는 조용히 웃으며 김일호 팀장에게 말했다.

"네, 집 근처에서 대기하겠습니다."

잠시 후, 진우는 피해자의 집 근처에 서 있었다.

생각해 보면, 오히려 잘됐다.

특정한 임무를 맡는 것보다 자유롭게 활동하는 것이 진우의 성격에 더 맞았다.

그리고 이 모든 곳을 확인하다 보면, 어딘가에 있을 유괴의 흔적을 찾아낼 수도 있을 거다.

물론, 방금도 김재혁 경사와 이곳을 둘러봤었다. 하지만 그때는 CCTV와 블랙박스를 확인하는 게 목적이었다.

지금은 다르다.

진우는 골목의 이곳저곳을 돌며 바닥에 떨어진 담배꽁초와 전봇대에 붙어 있는 각종 전단지까지 모든 것을 눈에 담았다.

그런데, 진우가 한 곳에서 걸음을 멈췄다.

다른 곳보다 많은 담배꽁초가 바닥에 버려져 있는 게 보였기 때문이다.

모두 같은 브랜드였고 형태가 멀쩡한 것을 보면, 버려진 것도 오래되지 않았다.

누군가 이곳에 서서 줄담배를 피워 댔다는 거다.

그것은 누군가 스트레스를 많이 받았거나 고민을 했다는 뜻이었다.

진우가 담배꽁초 하나를 손으로 집어 들 때였다.

머릿속에 미래를 보는 능력이 펼쳐졌다.

"미치겠네! 역시, 아까 그년이 경찰이었어!"

날카로운 목소리가 들렸다.

머리를 짧게 자른 남자가 창밖을 보고 있었다.

창밖으로 김일호 팀장과 TF팀이 보였다.

김일호 팀장이 TF팀에게 뭔가를 지시하고 있었다.

아마도 이 집으로 진입하라고 얘기하는 것 같다.

지켜보던 남자가 턱에 힘을 꽉 주며 고개를 돌렸다.

구석에는 겁에 질린 어린아이가 있었다.

모두가 찾는 그 딸이었다.

남자가 아이를 향해 저벅저벅 다가갔다.

"전부 네 아비 때문이야. 경찰에 신고만 안 했어도 난 널 살려 줬을 거야."

"사, 살려 주세요."

"안 돼. 네가 죽어야 내가 살아."

남자의 손이 아이의 목을 향해 뻗혔다.

능력은 그렇게 끝났다.

'뭐야…….'

진우가 멍한 표정으로 눈을 깜빡였다.

뜬금없이 나타난 능력, 아이는 살해당할 위기에 처해 있었다.

그걸 막아야 하는데, 진우는 범인이 있는 장소를 모른다.

능력이 보여 준 것은 그저 창밖으로 보이는 골목의 모습과 전봇대가 전부였다.

진우가 빠르게 휴대폰을 손에 들었다.

다른 경찰들과 머리를 맞대면, 비슷한 곳을 찾을 수 있을 거다.

하지만 진우는 통화 버튼을 누를 수 없었다.

몇 가지 걸리는 게 있어서다.

먼저, 김일호 팀장을 어떻게 설득해야 할지가 떠오르지 않았다.

김일호 팀장은 진우를 완벽하게 무시하고 있다.

어떤 말을 내뱉어도 설득할 수 없을 거다.

그리고 능력 속에서 범인은 경찰이 온 것을 본 뒤, 아이를 죽이려 했다.

즉, 경찰이 우르르 몰려가면 안 된다는 거다.

그렇게 되면, 아이는 살해당한다.

그러니까, 시간이 걸리더라도 진우 혼자 찾아야 한다.

'어쩔 수 없어.'

진우는 곧장 주택가의 골목을 달렸다.

복잡한 골목이 모두 똑같아 보였지만, 범인의 집을 찾을 때까지 계속해서 달려야 했다.

턱이 숨에 차오르고 폐가 찌를 것처럼 힘들었지만, 멈추지 않았다.

그래야 아이를 살릴 수 있다.

세상이 어두워지고 있을 때였다.

실평수가 10평도 안 되는 작은 공간, 피해자의 집이었다.

김재혁 경사는 그곳에 앉아 김일호 팀장을 돕고 있었다.

김재혁 경사는 곡언 파출소의 경찰이었고 다른 사람보다 이 지역을 잘 안다는 이유에서였다.

무거운 침묵 속에서 김일호 팀장이 슬쩍 아이아빠를 바라봤다.

아빠는 딸에 대한 걱정 때문에 연신 한숨을 내쉬며 서성이고 있었다.

표정은 어두웠고 눈동자에서는 영혼이 느껴지지 않았다.

심각할 정도로 무거운 침묵 속에서, 김일호 팀장이 손목시계를 확인했다.

'8시간이 지났어……'

아동 유괴 사건은 3시간 이내에 끝내야 한다.

그래야 아동의 생존율이 올라간다.

그런데, 아이가 사라지고 8시간이 지났다.

아이의 생존율은 극단적으로 떨어지고 있었다.

어쩌면 이미 살해당했을 수도 있다.

하지만 범인의 그림자조차 찾아볼 수 없었다.

김일호 팀장이 한숨을 내뱉으며 김재혁 경사를 향해 작은 목소리로 말했다.

"하나만 물어봅시다."

"말씀하세요."

"이진우 경장의 운이 좋다고 하는데, 도대체 얼마나 좋은 거예요?"

"네?"

"얼마나 운이 좋으면, 서장님이 직접 지시를 내릴까 해서요."

김재혁 경사가 턱을 쓸며 대답했다.

"음주운전 단속 중에 살인범 잡은 얘기 아시죠?"

"그게 이진우 경장?"

"네. 그거 말고도 이해할 수 없는 일이 몇 가지 있는데, 최근에 국회의원 아들 사망 사건 있었잖아요?"

"그것도?"

"네."

김일호 팀장이 깍지를 끼며 중얼거렸다.

"운이라……. 운."

그러다가 김일호 팀장이 김재혁 경사를 보며 다시 입을 열었다.

"이진우 경장더러 오라고 하세요. 나도 이진우 경장의 운발 한번 믿어 보게요."

"네?"

"내가 비과학적인 것은 믿지 않는 사람인데, 지금은 그런 거라도 믿고 싶어지네요."

김일호 팀장은 지푸라기를 잡는 심정으로 진우를 호출했고 김재혁 경사는 알겠다고 대답하며 몸을 일으켰다.

그리고 김재혁 경사가 화장실로 들어가 진우에게 전화를 걸었다. 걱정으로 가득한 아이아빠 앞에서 전화하는 것은 좀 그랬기 때문이다.

그리고 진우의 목소리가 들려왔다.

-여보세요?

"하던 거 멈추고 이 집으로 와."

-……네?

"5분이면 충분하지?"

-그게…….

김재혁 경사의 미간에 주름이 잡혔다.

진우의 반응이 뭔가 이상했기 때문이다.

"너 지금 어디야?!"

김재혁 경사가 작지만 강한 목소리로 물었다.

하지만 진우의 대답은 들려오지 않았다.

김재혁 경사가 다시 물었다.

"너 뭐 하고 있어?!"

-범인의 집 앞입니다.

"……뭐?! 찾았어?!"

-찾기는 했는데요.

"새끼야! 찾았으면, 보고를 해야지!"

-그럴 수 없는 상황이었거든요. 변명은 나중에 할게요.

"뭐?!"

―욕도 나중에 먹겠습니다. 일단 아이부터 살려야죠.

그걸 끝으로 뚝, 전화가 끊겼다.

김재혁 경사의 미간이 콱 일그러졌다.

"이 미친 새끼가 진짜……."

경찰은 조직이다.

멋대로 행동하는 것은 안 될 일이다.

그리고 진우의 잘못된 행동으로 아이까지 위험해질 수 있다.

그런데, 이상했다.

진우의 행동에 알 수 없는 기대감이 생긴 거다.

김재혁 경사는 진우가 아이를 살리는 것은 물론이고 범인 까지 잡아 올 것 같았다.

그것은 지금껏 진우를 지켜봤던 김재혁 경사의 감이었다.

김재혁 경사가 다시 방으로 나오자 김일호 팀장이 물었다.

"온대요?"

"아뇨. 범인 잡고 온답니다."

"……네?"

"범인의 집까지 찾아낸 것 같은데……."

김일호 팀장이 벌떡 일어났다.

"그게 어디래요?!"

하지만 김재혁 경사는 답할 수 없었다.

김재혁 경사도 아는 게 없었기 때문이다.

그 시각, 진우는 범인의 집 근처에 서 있었다.

'겨우 찾았어.'

진우가 이마에 흐르는 땀을 씻으며 앞을 바라봤다.

이곳이 확실하다.

전봇대의 위치와 담벼락이 능력으로 본 것과 똑같았다.

하지만 진우는 범인의 집 앞으로 가진 않았다.

능력 속에서 범인은 경찰이 온 것을 알고 있었다.

그것은 범인이 집 밖에 CCTV 같은 것을 설치해 뒀을 수도 있다는 뜻이었다.

그러니까 어설프게 접근하면, 안 된다.

아이를 살리려면, 범인에게 의심받지 않고 집까지 들어갈 방법을 찾아야 한다.

어떻게 해야 하나, 고민할 때였다.

'어?'

반대편에서 윤혜림이 범인의 집 근처로 걸어가는 게 보였다.

탐문수사를 하며 이곳까지 온 것 같다.

그런데 진우는 윤혜림을 보다가 눈을 찌푸렸다. 능력을 통해 들은 범인의 목소리가 머릿속을 스쳤기 때문이다.

그 안에서 범인은 이렇게 말했었다.

"미치겠네! 역시, 아까 그년이 경찰이었어!"

범인이 말한 게 윤혜림인 것 같다.
'젠장!'
진우가 입술을 씹었다.
이제야 능력 속에서 김일호 팀장이 이곳을 찾을 수 있었던
이유가 예상됐다.
윤혜림이 범인의 흔적을 찾고 김일호 팀장에게 알렸던 거다.
그렇다면 그런 미래가 펼쳐지지 않도록 막아야 한다.
그대로 둔다면 아이는 사망할 테니까.
진우는 그런 최악의 상황을 막고 싶었다.
진우가 빠르게 휴대폰을 꺼내 들었다.
그리고 다급히 윤혜림의 연락처를 찾아 통화 버튼을 눌렀
다.
TF팀에 소속되며 연락처를 공유한 게 천만다행이었다.
'빨리 받아!'
신호음이 이어지는 것은 짧은 순간이었다.
하지만 진우에게는 긴 시간처럼 느껴졌다.
'좀 받으라고!'
간절함이 통했다.
범인의 집까지 약 10미터 정도 남은 거리에서 윤혜림이 걸
음을 멈췄다.

윤혜림이 휴대폰을 꺼내 발신번호를 확인하더니, 고개를 갸웃거렸다.

그리고 천천히 휴대폰을 귀에 댔다.

-말씀하세요.

"더 이상 오지 마세요."

-……네?

"앞을 보세요."

윤혜림이 천천히 앞을 향해 시선을 옮겼다.

그리고 앞에 서 있는 진우를 봤다.

윤혜림의 눈동자에 의문이 새겨지는 것은 당연했다.

하지만 진우는 멈추지 않고 계속 말을 이었다.

"오면서 놀이터 봤죠? 거기서 만납시다."

-……놀이터요?

"설명은 거기서 할게요. 지금은 거기서 한 발만 더 오면 아이가 사망할 수도 있다는 것만 알고 계세요."

-그게 무슨…….

진우가 윤혜림의 말을 자르며 말을 이었다.

"놀이터요."

그 말을 끝으로 진우는 전화를 끊어 버렸다.

윤혜림이 황당한 시선으로 진우를 바라봤지만, 진우는 이미 놀이터로 가기 위해 몸을 돌린 상태였다.

잠시 후, 진우와 윤혜림은 놀이터에서 만났다.

"거기에 범인이 있다고?!"

윤혜림은 많이 놀랐나 보다.

서로 모르는 사람으로 취급하며 존댓말을 쓰자고 했는데, 반말을 내뱉고 있었다.

하지만 진우는 침착했다.

"네. 범인이 밖을 확인하기 위해 CCTV 같은 것을 잔뜩 설치해 뒀을 거예요. 경찰이 접근하면, 아이를 인질로 삼을 수도 있고 살해할 수도 있죠. 그러니까, 김일호 팀장에게 보고하지 마세요."

"자, 잠깐만요. 보고하지 말라고요?!"

"이 사건은 윤혜림 경위님과 내가 해결합니다."

진우의 말에 윤혜림의 눈이 휘둥그레졌다.

"우리 둘이?!"

"네, 우리 둘이."

진우는 모자를 눌러쓰고 검은 비닐봉지를 손에 들었다.

그리고 양팔을 벌리며 윤혜림을 향했다.

"어때요?"

윤혜림이 진우를 살피며 고개를 끄덕였다.

"괜찮아요. 의심받지 않겠어요."

누가 봐도 진우는 배달하는 사람처럼 보였다.

범인이 진우를 봐도 의심하지 않을 거다.

그럼, 이제 범인의 집을 확인할 시간이다.

진우가 '기다리세요.'라는 말을 남긴 후, 범인의 집으로 향했다.

범인의 집은 5층 빌라의 5층이었다.

진우는 범인이 사는 빌라로 향하며 곁눈질로 모든 것을 눈에 담았다.

CCTV가 설치됐는지 확인하는 거다.

그리고 예상대로였다.

'역시…….'

범인의 집 창문에 CCTV가 3개나 달려 있었다.

사각지대 없이 현관부터 집 주변을 모두 관찰하고 있다는 뜻이다.

빌라 안으로 들어간 진우는 계단을 올라 2층에 섰다.

각 층과 계단에도 CCTV가 설치되어 있었다.

범인이 모든 것을 확인하고 있을 가능성이 높다는 거다.

'여기까지.'

범인의 집은 5층이지만, 진우는 거기까지 오르지 않았다.

아이가 살해당할 위험이 있기 때문이다.

그래서 진우는 음식을 배달하러 온 것처럼 어느 집 앞에 비닐봉지를 내려 두고 몸을 틀었다.

그렇게 진우는 1층으로 내려가 놀이터로 향했다.

그리고 기다리고 있던 윤혜림에게 집의 상태를 설명했다.

"CCTV가 건물 주위부터 내부까지 깔려 있어요. 그리고 범인이 거주하는 5층은 독채예요."

"……!"

"이유 없이 5층으로 올라가면, 범인은 경찰이라고 의심할 게 분명하죠."

이야기를 듣던 윤혜림이 마른침을 삼켰다.

"그럼, 아이가 살해당하거나 인질극이 시작될 수도 있다는 거죠?"

"네."

지금까지도 윤혜림은 김일호 팀장에게 보고해야 한다고 생각하고 있었다.

하지만 진우의 말을 듣고 보니, 그것은 위험하다.

CCTV를 통해 경찰을 본 범인이 흥분한다면, 아이의 목숨을 보장할 수 없다.

지금은 매뉴얼을 지킬 때가 아니라 아이를 살리는 게 우선이었다.

윤혜림이 천천히 진우를 바라봤다.

"아이를 구할 방법은 있어요?"

"네."

"있다고요?!"

진우가 몸을 틀어 범인의 집을 향하며 말했다.

"윤혜림 경위님, 연기 한번 하죠."

"……연기요?"

잠시 후, 윤혜림은 범인이 사는 빌라의 앞에 섰다.

윤혜림이 어쩔 수 없다는 듯 고개를 저으며 1층으로 들어갔다.

그리고 가장 먼저 보이는 집의 초인종을 눌렀다.

딩동~.

인터폰을 통해 어느 여자의 목소리가 들려왔다.

"누구세요?"

윤혜림이 방긋 웃으며 입을 열었다.

"좋은 말씀 전하려고 왔습니다."

상대는 윤혜림의 말을 더 듣지 않고 인터폰을 끊어 버렸다.

윤혜림은 옆집으로 향했고 그 집의 초인종을 눌렀다.

"누구세요?"

"좋은 말씀……."

이번에도 인터폰은 끊겼다.

하지만 윤혜림은 멈추지 않고 그 옆집으로 향했다.

범인의 의심을 피하기 위해서다.

범인에게 윤혜림은 경찰이 아니라고 인식시켜 줘야 했다.

그렇게 윤혜림은 1층부터 2층, 3층 모든 집을 돌며 좋은 말씀을 전해야 했고 마침내 5층에 섰다.

그리고 진우와 세웠던 계획을 떠올렸다.

진우는 옆 건물을 통해 이 빌라의 옥상으로 진입할 거다.

윤혜림이 범인의 시선을 끄는 사이 진우는 수단과 방법을 가리지 않고 범인의 집으로 들어오겠다고 말했다.

다른 사람이 말했다면, 믿지 않았을 계획이다.

하지만 진우는 깡패들과 싸우며 뛰어난 운동신경을 윤혜림에게 보여 줬다.

지금은 진우를 믿어야 했다.

윤혜림이 한숨을 내뱉으며 범인의 집 초인종을 눌렀다.

딩동~.

대답은 들려오지 않았다.

한 번, 두 번 계속해서 눌러 봤지만 마찬가지였다.

윤혜림이 인터폰에 얼굴을 대고 방긋 미소 지으며 입을 열었다.

"안에 계신 거 알고 있습니다. 좋은 말씀 전하려고 왔어요. 이 집에서 좋지 않은 기운이 느껴집니다."

인터폰을 통해 윤혜림을 보고 있던 범인은 인상을 찡그렸다.

범인은 CCTV를 통해 윤혜림이 각 집을 방문하는 것을 봤다.

그래서 초인종 몇 번 누르고 떠날 줄 알았는데, 아니었다.

범인이 윤혜림을 보며 중얼거렸다.

"빨리 꺼져라~."

그때였다.

아이가 범인의 옆으로 달렸다.

범인의 시선이 아이를 향해 틀어졌다.

화장실에 갈 수 있도록 다리를 묶어 두지 않은 게 실수였다.

다리까지 묶어 뒀어야 했다.

하지만 후회는 이미 늦었다.

아이가 몸으로 문을 쾅, 친 거다.

아이는 멈추지 않았다.

또다시 몸으로 문을 쾅, 쾅 쳤다.

그리고 범인은 인터폰 너머에 있는 윤혜림의 표정을 봤다.

윤혜림의 얼굴이 당혹감으로 물들고 있었다.

윤혜림의 눈빛을 본 범인이 살벌한 목소리를 내뱉었다.

"미쳐 버리겠네……."

그 말이 끝이었다.

범인이 아이의 뒷덜미를 꽉 잡더니, 뒤로 밀쳤다.

아이가 벽으로 튕기는 것과 함께 범인이 문을 벌컥 열었다.

갑자기 문이 열리자 윤혜림은 당황했다.

범인이 윤혜림의 머리카락을 잡고 집 안으로 집어 던졌다.

"악!"

윤혜림이 비명을 지르며 바닥을 굴렀다.

범인이 사나운 눈빛으로 윤혜림을 노려봤다.

"야~ 얼굴 반반하네? 어리기만 했어도 내 스타일이야."

범인이 변태처럼 웃을 때, 윤혜림이 빠르게 테이저건을 뽑아 범인을 겨눴다.

"멈춰!"

테이저건을 본 범인의 눈이 커졌다.

경찰이란 것을 알게 된 거다.

"……경찰?!"

범인이 거실에 놓인 모니터를 향해 다급히 시선을 틀었다.

다른 경찰이 있는지 확인하는 거다.

하지만 없다.

딱 봐도 윤혜림 혼자 왔다.

범인의 입가에 안도의 미소가 스몄다.

"와…… 혼자 온 거야? 나 잡아서 진급하려고? 용기 있어. 겁나 섹시해. 그런데, 어쩌지? 진급하기 전에 뒈질 거 같은데."

범인이 현관에 있는 야구방망이를 들며 말을 이었다.

"요즘 여자들이 안 맞고 살아서 남자를 우습게 보는 것 같은데, 여자가 남자를 이기는 것은 영화에서나 가능한 일이야."

범인은 느긋했다.

범인은 꾸준히 운동을 해 왔던 사람이다.

그리고 범인의 말대로 현실에서 여자는 남자를 이기기 어렵다.

게다가 범인의 손에는 야구방망이도 들려 있었다.

범인이 낄낄 웃으며 계속 말했다.

"쏴 봐. 쏠 수 있으면 쏴 보라고."

그 말과 동시에 윤혜림이 거침없이 테이저건의 방아쇠를 당겼다.

그런데, 충격을 받고 쓰러져야 할 범인이 멀쩡했다.

오히려 분노한 눈으로 윤혜림을 쏘아보고 있었다.

테이저건은 전극 침 2개가 명중해야 효과가 있다.

그런데 범인의 옷이 두꺼웠기 때문에 하나의 전극 침이 빗나간 거다.

범인의 시뻘건 눈동자가 윤혜림을 향했다.

"이게 미쳤나……. 쏘라고 했다고 진짜 쏴? 죽여 버린다!"

범인이 거친 목소리를 내뱉으며 윤혜림을 향해 성큼성큼 다가왔다.

그 순간.

윤혜림은 침착하게 숨을 골랐다.

그리고 자세를 낮추더니, 범인의 품으로 쏘아지듯 파고들었다.

쉬이이익!

범인이 '어?!' 하는 순간 윤혜림이 범인의 왼쪽 허벅지를 잡았다.

이어서 체중을 실어 범인을 밀어붙였다.

콰당탕탕!

범인은 균형을 잃었고 요란한 소리와 함께 자빠졌다.

"미친년이⋯⋯."

하지만 범인의 목소리는 이어질 수 없었다.

윤혜림이 범인의 왼쪽 발목을 잡고 돌려 버린 거다.

와드드드득!

뼈가 뒤틀리는 소름 끼치는 소리와 함께 범인이 비명을 질렀다.

"끼아아아악!"

윤혜림이 범인의 고통스러운 표정을 보며 건조한 목소리로 입을 열었다.

"뭐야? 남자라고 강한 척하더니, 생각보다 약하네?"

그 시각, 옥상에 도착한 진우는 빠르게 움직이고 있었다.

화단에 물을 주기 위한 호스를 난간에 묶고 아래로 던졌다.

이어서 호스를 잡고 5층으로 내려가 에어컨 실외기 위에 섰다.

여기까지 한순간이었다.

이제 창문을 부수고 안으로 들어가면 된다.

윤혜림이 시선을 끌어 주고 있다면, 이 사건을 깔끔하게 해결할 수 있다.

그런데.

"끼아아아악!"

날카로운 비명 소리가 들렸다.

다행히 윤혜림의 목소리는 아니지만, 문제가 생긴 것만은 분명했다.

진우가 휴대폰을 손에 들고 창문을 쾅, 찍었다.

'와장창창!' 소리와 함께 창문이 깨졌고 유리 파편이 사정 없이 떨어졌다.

하지만 멈칫거릴 시간은 없었다.

진우가 유리 파편을 맞으며 빠르게 안으로 들어갔다.

그런데, 그렇게 안으로 들어간 진우가 멈칫거렸다.

윤혜림이 범인의 손목에 수갑을 채우고 있는 것을 본 거다.

범인은 얌전했다.

공포 가득한 눈빛으로 죽기 직전의 신음만 내뱉고 있었다.

"끄으으윽……."

자세히 보니까, 범인의 발목이 반대 방향으로 돌아가 있었다.

십자인대부터 모두 박살 난 게 분명하다.

진우가 멍하니 윤혜림을 보며 물었다.

"어, 어떻게 된 거예요? 경위님이 이렇게 만든 거예요?"

"설명은 나중에 할게요. 이 사람이나 마무리해 주세요."

윤혜림이 진우에게 범인을 넘긴 후, 아이에게 다가갔다.

아이는 바들바들 떨고 있었다.

윤혜림이 아이와 눈을 마주치기 위해 한쪽 무릎을 꿇어앉았다. 그리고 다정하게 미소 지으며 아이의 머리를 쓰다듬었다.

"다 끝났어. 괜찮아."

윤혜림이 아이의 입에 붙어 있는 테이프를 뜯어내고 묶인 손을 풀어 줬다.

아이의 큰 눈에서 눈물이 주르륵 흘렀다.

윤혜림이 아이를 꼭 안아 주며 등을 토닥였다.

"이제 아빠한테 가면 되는 거야."

한편, 김일호 팀장은 진우가 범인의 집을 찾았다는 말을 듣자마자 진우의 휴대폰을 위치추적 했다.

그리고 범인의 집 근처에 있는 모든 팀원들에게 지시를 내렸다.

"당장 그 근처를 수색하세요!"

김일호 팀장의 지시를 받은 강력4팀의 뺀질이가 범인의

집으로 달려가는 중이었다.

뺀질이가 함께 달리던 경찰에게 말했다.

"이진우 그 새끼는 왜 보고도 안 하고 혼자 설칠까요?"

"성과에 미친 새끼니까 그렇겠죠."

뺀질이의 입가에 슬쩍 미소가 걸렸다.

어차피 이건 진우 혼자 해결할 수 없는 일이다.

공명심에 혼자 날뛰다가 빌빌거리고 있을 게 분명하다.

그래서 뺀질이는 생각했다.

누구보다 빨리 아이를 찾겠다고.

그럼, 뺀질이는 두 가지 목적을 이룰 수 있다.

하나는 자신으로 인해 강력4팀의 위상이 다시 높아질 수 있다는 거다.

그리고 또 하나는 바로 윤혜림이었다.

뺀질이는 윤혜림에게 마음이 있었기에 윤혜림의 앞에서 멋진 모습을 보여 주고 싶었다.

"이 부근이라고 했죠?"

범인의 집 근처에 도착한 뺀질이가 경찰에게 물었다.

경찰이 고개를 끄덕이자 뺀질이가 빠르게 주변을 눈에 담았다.

그리고 뭔가 이상한 것을 찾았다.

바닥에 유리 조각이 떨어져 있는 거다.

위를 올려다봤더니, 창문이 깨져 있는 집이 보였다.

범인의 집이었지만, 뺀질이가 거기까지 생각하기는 어려웠다.

'싸웠나?'

뺀질이가 생각할 때였다.

함께 온 경찰이 작지만 신경질적인 목소리로 외쳤다.

"야, 이진우!"

뺀질이의 시선이 경찰의 목소리를 쫓았다.

복도의 반대편에서 진우가 비닐봉지를 들고 걸어오고 있었다.

진우는 아이에게 줄 간식을 사기 위해 편의점에 다녀오는 길이었다.

그걸 모르는 경찰이 인상을 구기며 진우의 앞에 섰다.

그리고 역시나 작은 목소리로 말을 이었다.

"너 이 새끼야, 지금 보고도 안 하고 이게 뭐야?!"

"죄송합니다. 보고하기가 어려운 상황이었거든요."

"그래서, 범인의 집을 찾기는 찾은 거야?! 거기가 어디야?!"

"아, 사건 종료됐습니다."

"뭐?!"

"범인 잡았고 아이도 멀쩡합니다."

그 말을 듣는 것과 동시에 뺀질이가 중얼거렸다.

"씨발……."

뺀질이는 자존심이 구겨지는 것을 느꼈다.

빼질이가 탐문수사를 이어 가는 동안 진우는 범인을 잡았고 아이까지 온전히 구출했다.

지난번, 국회의원 아들 사망 사건에 이어 또다시 진우에게 사건을 빼앗긴 거다.

'젠장……'

빼질이는 경찰 대학을 우수한 성적으로 졸업한 인재였다.

고졸 경찰 이진우에게 이런 식으로 밀린다는 것은 상상도 해 본 적이 없었다.

하지만 빼질이의 충격은 끝이 아니었다.

진우를 쫓아 올라간 5층, 그곳에 윤혜림이 있었던 거다.

그것은 윤혜림이 진우와 함께했다는 뜻이었다.

빼질이가 윤혜림을 보며 중얼거렸다.

"……윤혜림?"

"선배 오셨어요?"

윤혜림은 빼질이에게 가벼운 인사를 한 게 전부였다.

윤혜림의 시선이 진우에게 틀어졌다.

"사 왔어요?"

"아, 네."

진우가 간식이 든 비닐봉지를 윤혜림에게 건넸다.

그 모습을 지켜보던 빼질이의 미간이 또 한 번 일그러졌다.

윤혜림이 진우를 보는 눈빛이 괜히 친근해 보였기 때문이다.

잠시 후, 김일호 팀장과 김재혁 경사 그리고 아이아빠가 현장에 도착했다.

아이아빠는 아이를 꽉 끌어안고 한참을 울었다.

그리고 진우와 윤혜림을 향해 진심이 담긴 감사 인사를 전했다.

"감사합니다. 정말 감사합니다⋯⋯."

그렇게 아이와 아이아빠가 떠났고 이어서 구급차가 도착해서 범인을 태워 갔다.

현장이 조용해지자 김일호 팀장이 진우를 바라봤다.

"설명을 듣고 싶은데요? 이번에도 보고 안 할 생각은 아니죠?"

"보고 드리지 못해 죄송합니다. 범인은 창밖에도 CCTV를 설치했고 집 주변을 전부 감시하고 있었습니다."

진우는 상황이 급박했으며 경찰이 몰려오면 아이가 위험해질 수도 있는 상황이었다고 과장을 섞어 얘기했다.

"그래서 윤혜림 경위와 둘이 해결했다?"

"네."

"범인 다리를 박살 낸 것은요? 인권 단체에서 저 얘기를 들으면, 과잉진압이라고 지랄할 수도 있는 거 아세요?"

윤혜림이 손을 살짝 들며 나섰다.

"아, 그건 이진우 경장이 아니라 제가⋯⋯."

김일호 팀장이 눈을 깜빡였다.

"윤혜림 경위가요?"

"네. 테이저건을 해결하려 했는데 실패했고, 범인이 둔기를 휘둘러서 어쩔 수 없이……."

범인은 건장한 남성이었다.

여자가 싸워서 이기기 힘들어 보였다.

그런데, 윤혜림은 그런 범인의 다리를 박살 냈다.

김일호 팀장이 어이없다는 듯 웃으며 고개를 저었다.

"범인이 윤혜림 경위한테 둔기를 휘둘렀다고 하면, 인권 단체에서도 뭐라 못 하겠네요."

김일호 팀장이 다시 진우에게 말했다.

"이진우 경장."

"네."

"오늘 일은 잘 해결됐으니까, 묻어 둘게요. 유괴 사건은 아이의 안전이 최우선이니까요."

"감사합니다."

"그런데, 앞으로는 이러지 마세요. 오늘은 운 좋게 넘어갔지만, 한 명의 히어로가 최악의 상황을 만드는 법이에요."

"알겠습니다."

"그럼, 사건 끝났으니까 전 갑니다~."

김일호 팀장은 경기 북부 경찰청 소속이다.

범인을 잡고 아이까지 구출했으니, 김일호 팀장의 역할은 끝났다.

김일호 팀장이 손을 휘휘 저으며 그 자리를 떠났다.

그런데, 범인의 집을 벗어나 계단을 내려가던 김일호 팀장이 고개를 갸웃거렸다.

"잠깐만……. 운 좋게 넘어갔지만?"

서장이 진우를 팀에 집어넣으라고 말했던 이유가 그놈의 운이었다.

말도 안 되는 소리라고 생각했는데, 그 운이 이번에도 통했다는 생각이 들었다.

"서안시가 참 재밌는 곳이네."

김일호 팀장이 피식 웃으며 휴대폰을 귀에 댔다.

"서장님, 김일호입니다. 사건 종료됐고 이진우 경장 운발 잘 사용했습니다."

그렇게 김일호 팀장이 서안시를 떠났다.

그리고 서안시 경찰들 사이에 본격적으로 진우의 이름이 떠돌기 시작했다.

경찰서의 흡연장에 모인 경찰들이 진우에 대해 얘기하고 있었다.

"이번에도 이진우라는데?"

"들었어. 범인 집을 찾았다며? 꽁꽁 숨어 있는 새끼를 어떻게 찾았대?"

그 질문에 한 경찰이 어깨를 으쓱거렸다.

"담배꽁초가 모여 있는 곳을 의심했대. 그리고 그 주변을 집중적으로 수사했다고 하더라."

"와…… 지금까지 몇 개를 해결한 거야? 진짜 개코네. 개코야."

진우는 그동안 많은 사건을 해결했다.

하지만 운으로 치부되는 것이 대부분이었다.

음주단속을 하다가 살인범을 잡은 것도 그랬고, 최근에 국회의원 아들 살인 사건을 해결한 것도 마찬가지였다.

성매매업소를 단속하는 과정에서 우연히 범인을 찾아냈다고 알려져 있었다.

하지만 이번에는 달랐다.

CCTV를 피해 움직인 범인을 찾아낸 거다.

"이 정도면, 단순히 운이 좋다고 말할 수가 없잖아?"

그 말에 반박하는 경찰은 아무도 없었다.

며칠 후, 병원에서 나온 범인은 경찰서로 끌려와 취조를 받아야 했다.

윤혜림의 앞에서 범인은 끝까지 반성하지 않았다.

"유괴한 이유? 예뻐서."

"……예뻐서?"

"경찰 아가씨도 예쁜데, 난 스무 살 넘은 여자는 싫거든."

윤혜림이 벌레를 보듯 범인을 쏘아봤다.

화를 꾹 참으며 계속해서 취조를 이어 갔다.

"3억은 왜 요구한 거지?"

"애 키우는 데 3억은 든다고 하잖아."

"뭐?!"

"세상에 공짜가 어디 있어? 내가 애를 키워 줄 건데, 그 정도 돈은 줘야지. 그게 부모의 역할 아닌가?"

윤혜림의 주먹에 힘이 꽉 들어갔다.

"너 진짜 미친놈이구나?"

범인이 히죽 웃었다.

"왜? 또 다리 한번 부러뜨리게? 그러지 말고 그냥 죽여. 어차피 인생 조졌는데, 살아서 뭐 해?!"

"……!"

"그냥 죽이라고! 씨발!"

말 그대로 미친놈이었다.

윤혜림이 들고 있던 서류를 범인의 얼굴에 집어 던졌다.

"그래, 내가 죽여 줄게."

밖에 있던 경찰들이 우르르 들어와 윤혜림을 말리지 않았다면, 범인은 정말 죽었을 수도 있다.

"참아요! 좀 참으라고!"

그리고 범인은 아이를 유괴한 장소도 술술 밝혔다.

그곳은 진우가 발견했던 담배꽁초가 쌓여 있는 그 골목이었다.

"평소에도 애를 지켜봤으니까 학교에 가는 길 정도는 잘 알고 있었지. 그래서 그 골목 앞에 차를 주차하고 애를 기다린 거야. 거기가 CCTV도 없고 다른 차도 없어서 절대 안 걸릴 자신이 있었거든."

"……"

"그런데, 막상 집으로 데리고 가려니까 겁나게 떨리더라고. 그래서 담배를 계속 피우고 있는데, 딱 애가 나타난 거야. 애 얼굴을 보니까, 다시 용기가 생기더라고. 그래서 조수석에 태우고 바로 액셀을 밟았지."

여기까지 말한 범인이 윤혜림을 보며 다시 히죽 웃었다.

"그런데, 걔는 내가 안 보고 싶대?"

범인은 피해자와 원한 관계였던 게 아니라 그저 변태였던 거다.

윤혜림이 다시 서류를 범인의 얼굴에 집어 던졌다.

"너 같은 놈 때문에 세상이 미쳐 돌아가는 거야!"

그 시각, 곡언 파출소.

김재혁 경사가 진우의 옆에 서며 입을 열었다.

"알고 있었어?"

"뭘요?"

"윤혜림 경위."

"네?"

"남자 다리를 어떻게 부러뜨렸나 했는데, 전국 주짓수 대회 금메달리스트였어."

김재혁 경사가 진우에게 휴대폰을 건넸다.

화면에 3년 전 기사가 보였다.

윤혜림이 주짓수 대회에서 우승한 뒤, 메달을 들고 활짝 웃는 모습이었다.

기사에는 윤혜림이 2년 연속 우승했다는 내용이 짤막하게 담겨 있었다.

김재혁 경사가 낄낄 웃으며 계속 말했다.

"아무리 여자라 해도 이런 실력자한테 기습적으로 잡혔다면 다리가 부러질 수밖에 없지."

김재혁 경사가 진우의 어깨를 툭툭 치며 말을 이었다.

"이제 너도 운동 좀 해라. 허약하니까, 윤혜림 경위가 대신 싸워 준 거잖아."

진우가 황당한 눈으로 김재혁 경사를 바라봤다.

"제가 그렇게 허약하지는 않거든요?"

"아냐, 너 약해. 허약해."

그렇게 유괴 사건이 종료됐다.

그리고 시간이 조금 흐른 뒤, 진우는 아이의 아빠를 만났다.

주택가에서 멀지 않은 커피숍이었다.

"정말 감사했습니다. 그날만 생각하면, 아직도 아찔해요."

아이아빠의 이름은 정원규.

정원규는 진우를 향해 정중히 허리를 굽혔다.

그리고 자리에 앉으며 진우를 바라봤다.

"그런데, 어쩐 일로……."

"몇 가지 여쭤보고 싶은 게 있어서요."

정원규는 진우가 유괴 사건에 대해 질문할 거라고 생각하며 고개를 끄덕였다.

"말씀하세요."

그런데, 진우는 한참 동안 입을 열지 않았다.

진우가 묻고 싶은 것은 능력 속에서 봤던 것, 조학주에 대한 '소문'이었다.

하지만 이곳에 오면서도, 이곳에 앉은 후에도 어떻게 말을 꺼내야 할지 고민했지만 답은 나오지 않았다.

파출소 경찰이 그 일을 거론하는 것 자체가 말이 안 되기 때문이다.

그래서 진우는 고민하는 것을 멈췄다.

어떻게 해도 답이 없다면, 단도직입적으로 질문하는 게 가장 옳은 방법이라고 생각했다.

"진백그룹 조학주 실장 아시죠?"

그 말과 동시에 정원규의 얼굴이 굳어졌다.

이 정도 반응은 예상한 거다.

진우가 계속해서 말했다.

"진백에서 투자를 받기로 했다가 조학주 실장에게 협박받고 사업을 정리하신 것으로 알고 있습니다."

이번에는 정원규가 한동안 대답하지 않았다.

심각한 표정으로 진우를 바라보다가 어렵게 입을 열었다.

"어떻게 아셨는지는 모르겠지만, 못 들은 것으로 하겠습니다."

그리고 정원규가 몸을 일으켰다.

더 이상 할 말이 없다는 듯 몸을 틀었다.

그때였다.

정원규의 귓가에 진우의 목소리가 파고들었다.

"조학주 실장에게 어떤 소문이 있었던 겁니까?"

정원규가 멈칫거렸다.

딱딱하게 굳은 얼굴로 진우를 바라보다가 느릿하게 고개를 저었다.

"이진우 경장님, 그런 것을 왜 궁금해하는지 모르겠는데요. 때로는 모른 척해야 하는 것도 있는 법이에요."

하지만 진우는 멈출 생각이 없었다.

그럴 생각이었다면, 정원규를 만나기 위해 이곳에 오지도 않았을 거다.

"혹시 조학주 실장에게 자식이 있다는 소문이 있었습니까?"

진우는 그 소문이 '백동하의 자식이 사실은 조학주의 자식이다!'라는 게 아닐까 생각하고 있었다.

그 사실을 진우를 제외한 모두가 알고 있었을 수도 있다고 생각했던 거다.

하지만 아니었나 보다.

정원규는 처음 듣는 말이라는 듯 눈을 동그랗게 뜨고 있었다.

"조학주 실장에게 자식이 있다고요?"

"……아니에요?"

"그런 소리는 처음 들어 보고요. 다시 말하지만, 저는 거기에 대해 말씀드릴 게 없어요."

진우가 한숨을 내뱉었다.

정원규는 끝까지 대답할 생각이 없어 보였다.

그럼, 정원규의 상처를 파고드는 수밖에 없다.

"아내분의 복수를 하고 싶지 않습니까?"

진우가 흥신소 황강식을 통해 알아낸 게 있었다.

사업을 그만둔 정원규는 심각할 정도로 가난했다고 한다.

그리고 연이어 터진 악재, 아내가 병에 걸린 거다.

하지만 정원규에게는 아내를 살릴 수 있는 병원비조차 없었다.

결국 아내를 하늘로 보내야 했다.

진우가 몸을 일으켜 정원규와 눈을 마주치며 말을 이었다.

"우리 아버지도 진백으로 인해 세상을 떠나셨습니다."

이진우의 아버지는 진백에 회사를 빼앗기며 스스로 목숨을 끊었다.

"저는 진백에 복수할 겁니다. 조학주 역시 그 대상이죠."

정원규의 눈동자가 흔들렸다.

진우가 그 흔들림을 놓치지 않고 말을 이었다.

"그 복수, 같이 했으면 합니다."

정원규가 주저앉듯 의자에 앉았다.

목이 타는지 커피를 물처럼 마신 후, 물끄러미 진우를 바라봤다.

"복수요?"

"네, 복수."

정원규가 허망하게 웃었다.

"조학주에게 복수를 한다고요?"

불가능한 일이다.

경찰 따위가 조학주를 상대한다는 것은 말도 안 되는 소리다.

이를 악물고 덤벼도 찍소리조차 못 하고 밟혀 죽을 게 분명하다.

하지만 정원규는 진우의 말을 무시하지 않았다.

진우는 정원규의 과거를 들춰냈고 조학주에게 어떤 '소문'이 있다는 것에까지 접근했다.

그래서 어쩌면 가능할 수도 있다는 헛된 희망을 품게 만들었다.

　정원규가 결심의 눈빛으로 진우를 바라보며 입을 열었다.

　"소문이라고 하지만 사실 별거 아니에요."

　"뭐든 괜찮습니다. 말씀해 주세요."

　진우는 조학주에 대한 정보라면, 작은 것이라도 중요하다고 생각했다.

　작은 것이 쌓여 큰 것이 되기 때문이다.

　그리고 마침내 정원규가 느릿하게 입을 열었다.

　"조학주에게 형이 있다는 소문이 있었습니다."

　"……네?"

　조학주는 천애 고아다.

　그런데 형이 있다니…….

　말도 안 된다.

　백동하였던 시절, 조학주를 곁에 둘 때였다.

　진우는 조학주의 모든 과거를 들춰봤었다.

　하지만 가족이 있다는 얘기는 어디에도 없었다.

　정원규의 목소리가 이어졌다.

　"마냥 헛소문으로 치부하기에는 조학주 실장이 그 얘기에 민감하게 반응했어요. 그 소문을 아는 사람은 저처럼 쥐 죽은 듯이 살거나 소리 소문 없이 사라졌고요."

　진우의 눈이 찌푸려졌다.

Chapter 5

아무리 생각해도 말이 안 됐다.

하지만 상대는 백동하의 인생을 뻐꾸기 아빠로 만들어 버린 조학주다.

형제를 숨기는 것 따위는 어렵지 않았을 거다.

그 소문이 사실일 수도 있다는 뜻이다.

그럼 조학주가 형이라는 존재를 왜 숨겼는지에 대한 의문이 생긴다.

"그런데, 그 소문은 어디서 들으신 거죠?"

"우연한 기회에 가까이 지내던 벤처기업 사장이 말해 줬습니다."

"혹시, 그분을 만나 볼 수 있을까요?"

진실을 찾으려면 소문의 시작점을 찾는 게 가장 빠른 법이다. 그래서 그 벤처 사장을 만나 물어보려 했다.

하지만 정원규가 우울한 표정으로 고개를 저었다.

"몇 년 전에 교통사고로 사망했습니다."

"교통사고요?"

"네."

머릿속이 복잡해졌다.

의문을 해소하기 위해 정원규를 만났고 소문에 대해 들었지만, 더 큰 의문만 생기고 있었다.

'황강식한테 부탁해 봐?'

진우는 흥신소를 통해 소문의 진실을 찾아볼까 생각해 봤지만, 곧 고개를 저었다.

벤처 사장이 사망한 교통사고의 뒤에도 조학주가 있을지도 모른다.

그렇다는 것은 황강식의 직원들이 위험에 빠질 수도 있다는 뜻이다. 어쩌면, 그 직원들을 통해 조학주가 진우의 존재까지 알아낼 수 있다.

'안 돼.'

아직은 조학주에게 진우의 존재를 알려서는 안 된다.

지금은 발톱을 숨기고 웅크리고 있을 시간이다.

그럼 진실을 알아낼 방법은 하나, 시간이 걸리더라도 진우 스스로 알아보는 수밖에 없다.

그리고 지금은 조학주에 대한 의문을 해소하는 것보다 우선해야 할 게 있었다.

그것이 정원규를 찾아온 이유다.

진우가 다시 정원규를 바라봤다.

"자동차 자율주행에 필요한 인공지능을 연구하셨다고 들었습니다."

정원규가 씁쓸하게 웃으며 고개를 저었다.

"옛날이야기예요."

"기술은 아직 가지고 계시잖아요."

"몇 년이나 지났어요. 다른 회사들이 성장하는 동안 제 기술은 제자리에 멈춰 있었죠."

제자리에 멈춰 있어도 원천 기술이 가진 힘이라는 게 존재한다.

그 힘을 무시할 수는 없다.

하지만 정원규는 계속해서 부정적인 말을 내뱉었다.

"그리고 저는 이진우 경장님과 달라요. 조학주에 대한 소문은 말씀드렸지만, 조학주와 싸울 용기는 없어요. 조용히 살고 싶습니다."

정원규의 머릿속에는 아직도 조학주의 눈빛이 선명했고 두려웠다.

그런데, 진우가 툭 던지듯 입을 열었다.

"어쩌죠? 저는 정원규 사장님께 투자하고 싶은데요."

"······네?"

"정확히는 고용한다는 말이 맞겠죠?"

정원규의 눈빛에 황당함이 스몄다.

"저를 고용한다고요? 이진우 경장님이요?"

누가 봐도 진우는 어리며 경찰이다.

그런 진우가 투자를 입에 담고 있으니, 황당한 것이 당연했다.

하지만 진우는 정원규의 그런 생각 따위는 신경 쓰지 않았다.

"물론, 제가 투자하는 것은 아니에요."

"······네?"

진우가 손목시계를 보며 시간을 확인할 때, 커피숍의 문이 열렸다.

오명훈이 들어온 거다.

진우가 오명훈을 향해 살짝 손을 들었다.

"오명훈 사장님."

진우를 본 오명훈이 반갑게 웃으며 다가왔다.

그리고 정원규를 향해 허리를 살짝 굽혔다.

"안녕하세요? 오명훈이라고 합니다."

정원규는 뜬금없는 제안과 난데없이 등장한 오명훈을 보며 눈만 깜빡이고 있었다.

그사이 오명훈이 진우의 옆에 앉았다.

그리고 정원규를 보며 입을 열었다.

"정원규 씨가 가진 기술을 10억에 사고 싶습니다."

"……10억이요?!"

"계속해서 연구를 해야 하니까, 연봉은 1억. 회사에 대한 지분도 10%를 드리죠."

"저, 저기요. 갑자기 무슨 말을 하시는 건지 이해할 수가 없습니다."

"정원규 씨의 기술로 회사를 만들 겁니다. 투자는 제가 하고 정원규 씨는 연구만 하면 됩니다. 심플하게 설명했는데, 더 필요한가요?"

정원규는 막노동판을 전전하고 있다.

그런 정원규에게 오명훈의 제안은 파격적이었다.

하지만.

"죄송합니다. 저는……."

오명훈이 이어지는 정원규의 말을 끊었다.

"이진우 경장에게 정원규 씨의 사정은 들었어요. 조학주 실장에게 걸릴 염려는 하지 않아도 될 겁니다."

"……!"

"회사에서는 가명을 쓰세요. 월급은 제 통장으로 드리죠. 수당도 마찬가지고요. 아, 혹시라도 사기당한다는 생각은 하지 마세요. 그에 대한 것은 전부 변호사에게 공증을 받을 테니까요."

이번에는 진우가 나섰다.

"조학주 때문에 계속 힘든 삶을 사는 것은 아니지 않나요? 지금은 예진이만 생각하세요."

예진이는 정원규의 딸 이름이었다.

딸의 이름을 듣는 순간 정원규의 눈동자가 흔들렸다.

정원규는 엄마 없이 크고 있는 예진이만 생각하면 마음이 아팠다.

진우의 목소리가 계속해서 이어졌다.

"정원규 사장님의 선택에 따라 예진이의 미래가 바뀔 겁니다."

그 말을 다시 오명훈이 받았다.

"나도 아내 없이 혼자 딸 키우고 있어요. 그래서 정원규 씨가 잘 살았으면 좋겠습니다."

정원규는 고개를 숙였다.

깊은 고민에 빠졌는지 그 상태로 한참 동안 커피 잔만 만지작거렸다. 그리고 결심했는지, 울먹이는 목소리로 천천히 입을 열었다.

"제 인생에 인공지능을 다시 연구하게 될 것이란 생각은 하지 못했는데……. 해 보겠습니다."

진우의 입가에 슬쩍 미소가 걸렸다.

백동하였을 때 실패했던 그 투자가 이제야 성공한 거다.

조학주 때문에 망쳐졌던 계획이 제자리를 찾은 것처럼 느껴졌다.

정원규와 헤어진 뒤였다.

진우와 오명훈은 서안시의 먹자골목 감자탕집에 마주 앉았다.

감자탕이 보글보글 끓고 있을 때, 오명훈이 술잔을 채우며 입을 열었다.

"정원규 저 사람, 예전 가치가 얼마였는지 알고 있어?"

진백에서 1차 투자금으로 결정한 게 200억이었다.

그것을 정한 게 진우였는데, 모르는 게 이상한 거다.

"대충 압니다. 대충."

"10억에 연봉 1억이면 정말 싸게 먹힌 거야."

오명훈이 낄낄 웃었다.

황금알을 낳는 거위를 단돈 10억에 쥐게 됐다고 생각한 거다.

진우가 빙긋이 웃으며 입을 열었다.

"회사 만들고 기술 상용화하기 직전에 소버 AI에 팔죠."

"팔아? 뭘?"

"뭐긴요. 회사를 파는 거죠. 정원규 씨한테도 지분에 대한 값을 두둑이 챙겨 줄 겁니다."

오명훈이 눈살을 찌푸렸다.

"황금알을 낳는 거위를 팔 거라고? 앞으로 정원규의 기술을 원하는 회사가 급격히 늘어날 텐데 그게 무슨 소리야? 전

세계의 자동차 회사가 우리 고객이 될 수도 있어!"

진우가 어이없다는 듯 고개를 저었다.

"아이고…… 이 땅에서 중소기업으로 사는 게 어떤 의미인지 모르십니까? 고객을 유치하기 전에 대기업한테 다 뺏길 겁니다."

"……!"

"그리고 진백에서 배우지 않았어요? 회사에 의미 두지 말고 가차 없이 사고팔면서 탐욕적으로 자산을 불리라는 것."

순간 오명훈은 멍한 눈빛으로 진우를 바라봤다.

그러다가 소주를 마신 뒤, 입을 열었다.

"이런 말 하면 웃기겠지만, 가끔 네 눈빛에서 백동하 회장이 떠올라."

"……!"

술잔을 입으로 가져가던 진우가 움찔했다.

"그래서 무서워. 그 인간한테 갈굼당하는 것 같아. 그러니까, 그런 눈으로 날 보지 마."

그제야 진우가 피식 웃으며 물었다.

"백동하 회장이 많이 싫었나 봐요?"

"아우, 싫다 뿐이냐? 그 양반은 항상 화가 나 있었어. 내가 볼 때는 분노 조절 장애야."

"잠깐만요……. 분노 조절 장애라고요?"

진우의 기분이 나빠지기 시작했다.

하지만 오명훈은 진우가 이야기에 흥미를 갖는다고 생각했나 보다.

"진백 전자 전무 하나가 회의에 10분을 지각했거든? 그런데 모범을 보여야 할 전무가 지각이나 한다면서 손에 닿는 것을 다 집어 던지는데, 와~ 잔인하더라. 잔인해."

오명훈은 신이 났다.

안주로 감자탕이 아니라 노가리가 있어야 할 것 같은 분위기로 떠들고 있었다.

"그리고 회장 비서실 여직원이 커피를 마실 때마다 종이컵을 새로 쓰는 걸 보고 돈 아까운 줄 모른다면서 쌍욕을 퍼붓는데…… 와~ 여자가 울어도 안 봐줘. 남녀평등의 교과서야. 그 양반 욕설 녹취록이 있었으면, 대국민 사과를 해야 했을걸. 그리고……."

"또 있어요?"

"많지. 1년 동안 해도 모자라지. 그 양반 때문에 목숨이 왔다 갔다 한 적도 있어. 그 양반은 테러범도 안 무서워해."

진우는 뒷목을 꾹꾹 주물렀다.

오명훈은 백동하가 전폭적으로 지지해 줬던 인간이다.

대학을 다닐 때부터 학비와 생활비를 책임져 줬고 직접 M&A를 가르쳐 주기도 했었다.

그런데, 오명훈은 그런 백동하의 뒤통수를 치고 횡령을 했었다.

그리고 지금은 백동하를 씹고 있다.

'이 새끼 진짜 안 되겠네……'

그렇게 생각하는 순간이었다.

진우의 머릿속에 흑백의 영상이 떠올랐다.

능력이 펼쳐진 거다.

양복을 깔끔하게 차려입은 오명훈이 복도를 걷고 있었다.

익숙한 복도, 진백그룹 전략 기획실의 복도였던 거다.

그런데, 오명훈의 얼굴이 딱딱하게 굳어 있었다.

눈빛은 살벌했고 마치 싸움이라도 할 분위기였다.

그리고 오명훈이 전력 기획실 실장 조학주의 사무실 앞에 섰다.

오명훈은 조학주의 비서를 신경 쓰지 않은 채 다짜고짜 문을 열고 사무실로 들어갔다.

"실장님!"

책상에 앉아 있던 조학주가 느릿하게 고개를 들었다.

그리고 특유의 건조하고 냉랭한 표정으로 오명훈을 보며 입을 열었다.

"안 된다고 했어."

"YC 건설의 경리는 아들의 병원비를 마련하고 있습니다! 그런데, 그 경리의 어깨에 횡령을 올리라고요?! 그럼, 아들은요?!"

"회사가 부도났으면, 십자가를 짊어질 사람이 필요해."

"YC 건설 대표가 교도소에 가잖아요!"

"부족해."

"충분합니다!"

"고작 경리입니다!"

"회사의 자금 흐름을 볼 수 있는 사람이야."

오명훈이 조학주를 향해 한발 다가서며 말을 이었다.

"지금 말씀, 실장님의 의견입니까? 아니면, 회장님의 의견입니까?!"

그 말과 동시에 조학주의 입가에 서늘한 미소가 걸렸다.

마치 '요것 봐라?' 하는 표정이었다.

그리고 그게 끝이었다.

머릿속에 떠올랐던 영상은 연기처럼 사라졌고 진우의 눈에는 다시 현실이 보였다.

술을 마시는 오명훈이 보이고 있었던 거다.

'YC 건설?'

YC 건설은 진백이 인수했던 회사 중 하나였다.

그리고 그 회사를 인수하는 과정에서 오명훈이 횡령을 저질렀었다.

그렇게 알고 있었다.

그런데, 그 사건의 뒤에도 조학주가 있었을 가능성이 있었다.

진우가 글라스에 술을 채웠다.

그 모습을 보던 오명훈이 고개를 갸웃거렸다.

"뭐야? 갑자기 왜 글라스야? 오늘 마시고 죽자는 거야?"

진우는 대답하지 않았다.

술을 단번에 마신 뒤, 오명훈을 바라봤다.

"진백그룹에서 횡령으로 쫓겨났잖아요?"

"새끼가, 술맛 떨어지게……."

"횡령……했습니까?"

"감방 갔다 온 거 모르냐?"

"했냐고요!"

진우의 거친 목소리에 오명훈이 눈을 깜빡였다.

"그거 한잔 마시고 취했어? 갑자기 왜 그래?"

"대답해 주세요."

오명훈이 픽 웃었다.

"인생은 네가 살아온 대로 결정되는 게 아니야. 강자가 결정하는 거지. 난 범죄자로 결정 났으니 그렇게 살면 되는 거야."

"그러니까, 횡령을 했다는 겁니까?"

"새끼가, 자꾸 재수 없는 걸 물어보고 있어."

"확실히 대답해 주세요. 했다는 겁니까, 안 했다는 겁니까?"

"안 했다고 하면 믿을래?"

"안 했습니까?"

"난 백동하 회장을 좋아하지 않았지만, 그 인간을 존경했다. 그런데, 존경하는 사람의 뒤통수를 쳤겠냐?"

진우가 인상을 구기며 고개를 푹 숙였다.

그리고 글라스를 꽉 쥐었다.

이제야 알았다.

진우는 조학주의 혓바닥에 놀아나 오명훈을 교도소로 보냈던 거다.

아끼던 오명훈도 그런 식으로 보냈는데, 그 외에도 얼마나 많은 부분에서 조학주에게 속았을지, 상상도 할 수 없었다.

답답했다.

술이라도 마시고 싶었다.

진우는 다시 글라스에 술을 채우고 단숨에 비웠다.

그리고 잔을 탁, 내려놓으며 입을 열었다.

"완벽히 준비된 후에 시작하려고 했는데, 안 되겠네요."

"응?"

"참기만 하다가는 암 걸리겠어요."

"뭔 소리 하는 거야?"

"조학주한테 망신 한번 주죠."

"망신? 그게 가능해?"

오명훈이 눈을 동그랗게 뜨고 물었다.

진우와 오명훈은 수백억을 가진 자산가다.

하지만 조학주의 앞에서는 번데기 앞에 주름잡는 격이며 그저 한 마리의 개미일 뿐이다.

망신을 주기 전에 밟혀 죽을 거다.

하지만 진우는 대수롭지 않게 답했다.

"인생을 망치는 것도 아니고 그냥 망신만 주는 게 어려울까요?"

"야, 평범한 사람이 아니라 조학주잖아. 망신 주는 게 쉬울 것 같아?"

"김민호 전 대통령을 만나면 될 겁니다."

"김민호?!"

"네."

"김민호가 널 왜 만나 줘?"

진우가 어깨를 으쓱거렸다.

며칠 후.

경기도 광주에 있는 강진식의 자택, 그 응접실이었다.

진우가 준비해 온 김산 막걸리를 꺼내며 강진식에게 말했다.

"비번이라 놀러 왔어요. 어르신이랑 막걸리라도 한잔할까 해서요."

강진식을 찾아온 것은 조학주에게 망신을 주기 위한 첫걸음이다.

진우가 막걸리를 노란 주전자에 담자 강진식이 크게 웃었다.

"막걸리는 언제나 환영이야. 하하하."

"그리고 준비한 게 또 있습니다."

벌려
경찰 이진우.

"또?"

강진식은 진우가 안주를 꺼내나 했다.

하지만 진우가 꺼낸 것은 서류였다.

강진식의 시선이 자연스레 서류로 틀어졌다.

"이게 뭔가?"

"지난번에 진백그룹 조학주 실장이 정치인을 만나고 다닌다는 자료를 주셨잖아요? 그 자료에 제가 찾은 정보를 더했습니다."

지난번, 진우는 진백 금융에 들어가 뇌물 장부를 찾아냈었다.

진우는 그 장부에서 중요한 것을 제외하고 강진식에게 건넨 거다.

서류를 확인한 강진식이 다시 진우를 바라봤다.

"이걸 왜 나한테 보여 주는 건가?"

"어르신이 저한테 자료를 주셨던 것과 같은 의미죠."

"……같은 의미?"

"첫째는 정보의 공유."

강진식은 돈이 모이는 곳에 악당이 모인다는 것을 잘 아는 사람이다.

그래서 자신이 세상을 떠난 뒤에 남겨질 임현정을 걱정하고 있다.

임현정이 악당들에게 갈기갈기 찢기는 미래를 두려워하는 거다.

그래서 강진식은 자신의 손녀 임현정이 진백의 중심에 들어가기를 원했다.

그래야 임현정이 안전할 거라고 생각하는 거다.

진우가 그 생각을 정확히 파고들었다.

"저도 임현정 양이 진백의 중심에 들어가기를 바라고 있습니다."

순간, 강진식의 눈에 힘이 들어갔다.

"현정이가 진백의 중심에 들어가기를 바란다고? 네놈이?"

강진식의 손녀 사랑은 유별나다.

자칫 진우가 임현정에게 마음이 있어서 그런 거라고 착각을 할 수도 있다.

그럼, 모든 게 틀어진다.

그래서 진우는 빠르게 변명을 내뱉으려 했다.

하지만 변명할 필요가 없었다.

강진식이 뭔가를 알고 있다는 눈빛을 보이며 고개를 끄덕인 거다.

"그래. 그런 생각을 가져 주면 고맙지."

뭐지? 그렇게 생각할 때였다.

강진식이 막걸리 잔을 손에 쥐며 뜬금없는 질문을 던졌다.

"자네는 백동하 회장을 어떻게 생각하나?"

"……네?"

진우는 대답하지 못했다.

예상하지 못한 질문에 어떤 대답을 해야 할지 혼란스러웠다.

그러자 강진식이 웃으며 손을 저었다.

"백동하 회장은 참 비정한 양반이야. 나도 그래. 때로는 피도 눈물도 없는 사람처럼 느껴질 때가 있었어. 그래도 미운 사람은 아니야."

진우가 황당한 표정으로 강진식을 바라봤다.

강진식이 막걸리 몇 잔에 취한 게 아닐까 생각될 정도였다.

"백동하 회장에 대해서는 왜 말씀하시는 거죠?"

강진식은 대답하지 않았다.

그저 미소를 지은 채 진우를 바라보기만 했다.

진우를 뒷조사한 것, 그 내용을 떠올리는 중이었다.

뒷조사를 하게 된 계기는 '이진우와 제가 이복남매 사이일 수도 있어요.'라는 백서연의 말이었다.

그런데, 진우의 뒤를 쫓던 중 이상한 게 있었다.

행정상 진우는 이동기라는 이름의 아버지가 있었고 그 사람은 QW 전자의 대표였다.

그래서 이동기에 대해 찾아봤는데, 남은 정보는 그게 끝이었던 거다.

이동기가 실존했던 사람이었는지, 행정상으로 확인하기 힘들었다.

QW 전자 역시 마찬가지다.

진백 전자에 M&A 되었다고 하는데, 딱 거기까지였다.

그 이상의 정보는 찾아볼 수 없었다.

그래서 강진식은 그 상황을 두 가지로 해석했다.

하나는 누군가 의도적으로 이동기에 대한 정보를 삭제했다는 것.

또 다른 하나는 이동기가 만들어진 인물이라는 거다.

그리고 강진식은 이동기가 만들어졌다는 것에 초점을 맞췄다.

'백동하가 자기 자식을 숨기려고 만든 사람일 게야.'

그게 아니면, 진우의 눈빛과 말투가 이렇게까지 백동하와 같을 수는 없었다.

그리고 여기까지 생각한 강진식은 하나의 결론을 내렸다.

진우가 백동하의 자식이 맞는다면, 그 목적은 뻔하다.

아무리 혼외 자식이라 해도 백동하가 남긴 유산을 탐내는 것은 당연하기 때문이다.

'내 손을 잡고 진백에서 한자리를 차지하고 싶겠지.'

물론, 진우의 목표는 진백의 한자리 같은 쪼잔한 게 아니었다.

진우는 진백 전체를 꿀꺽하려 한다.

그게 아니면, 진백 자체를 역사에서 지워 버릴 거다.

그러나 진우의 실제 목적이 어찌 됐든, 강진식은 진우가 발톱을 드러낼 때까지 도와주려 한다.

목적이 같은 만큼, 그때까지는 진우가 손녀 임현정의 호위

무사를 자처할 것이라 생각해서다.

"사람을 너무 미워할 필요는 없어."

진우는 조용히 강진식의 말을 듣기만 했다.

이 노인네가 무슨 말을 하고 있는지 애써 해석할 필요가
없기 때문이다.

강진식에게 친구가 없어서 말할 사람이 필요했구나 생각
할 뿐이었다.

그리고 강진식의 말이 끝났을 때, 진우가 입을 열었다.

"부탁드릴 게 하나 있는데요."

강진식이 픽 웃었다.

"그럴 줄 알았어. 자네가 공짜로 막걸리를 가져왔을 리가
없지. 그래, 뭔가?"

"혹시 김민호 대통령과도 연락을 하시나요?"

"김민호? 김민호 전 대통령?"

"네."

"가끔 만나기는 하는데, 왜?"

"정말요?"

"그래."

"혹시 김민호 대통령을 만날 일이 있으면, 저도 함께할 수
있을까요?"

강진식이 의문 가득한 눈빛으로 진우를 바라봤다.

"갑자기 전 대통령과 만나고 싶다니, 이유가 뭔가?"

"임현정 양이 진백의 중심으로 갈 때, 정치인들과 부딪칠 수도 있겠다고 생각했습니다. 그래서 그 정점에 있었던 김민호 대통령을 만나 보고 싶어졌습니다. 그 정도의 사람은 어떤 행동을 하고 어떤 단어를 쓰는지 알아봐야 할 필요성을 느꼈거든요. 일종의 예방주사죠."

"그러니까, 김민호를 분석하고 싶다?"

"네."

다른 사람이 이런 말을 했다면 비웃었을 거다.

대통령은 산전수전에 공중전까지 겪은 인간들에게만 허락된 자리다.

평범한 사람이 그런 인간을 분석할 수는 없다.

하지만 강진식은 비웃지 않았다.

그런 말을 한 사람이 다름 아닌 진우였기 때문이다.

"그래, 얼굴 한번 보는 게 어렵겠나? 언제가 될지는 모르겠지만 약속이 잡히면, 자네에게 연락하지."

말을 마친 강진식이 진우를 빤히 바라봤다.

"부탁할 거 끝났으면, 편히 막걸리를 마셔도 되겠나?"

"그럼요."

진우가 잔을 들었다.

지금부터는 골치 아픈 일은 옆으로 치우고 강진식과 즐겁게 술이나 마시고 싶었다.

김민호 전 대통령과 만날 기회는 의외로 빨리 찾아왔다.

야간 근무를 끝내고 집에 돌아가는 버스 안이었는데, 강진식에게서 전화가 온 거다.

-혹시 오늘 시간 되는가? 오늘 충청도에 갈 일이 생겼는데, 간 김에 김민호의 얼굴이나 보고 오려고 해.

"바로 가겠습니다."

판이 깔렸는데, 머뭇거릴 이유는 없다.

진우는 버스에서 내려 곧바로 택시를 잡아탔다.

그리고 경기도 광주로 향했다.

다시 찾아간 강진식의 자택 앞으로 검은색 승용차가 주차되어 있었다.

차량의 뒷자리 창문이 스르륵 열리더니, 강진식의 얼굴이 보였다.

"타."

진우가 강진식의 옆자리에 앉았다.

그러자 강진식이 입을 열었다.

"충청도에 땅을 보러 가는 중에 자네 생각이 났어. 그래서 김민호에게 연락을 했더니, 흔쾌히 오라고 하더군."

"감사합니다. 그런데, 김민호 대통령에게 제 이름과 직업은 숨기고 싶습니다."

"아, 그래야지. 그 노인네가 서민적인 척은 다 하고 다녔지만, 아니야. 권위적인 사람이야. 파출소 경찰이 동석했다는 것을 알면, 엄청 싫어할 거야."

진우는 강진식과 함께 충청도로 향했다.

물론 곧바로 김민호 전 대통령의 사저로 가지는 않았다.

강진식이 관심 있게 보고 있는 땅을 확인한 후에야 목적지로 향할 수 있었다.

그리고 사저에 도착한 것은 오후 4시쯤이었다.

살벌하게 많은 경호 인력을 지나 사저의 주차장으로 향할 때, 진우가 강진식에게 말했다.

"미리 말씀드릴게요. 죄송하지만, 한 번은 건방지게 행동할 겁니다."

강진식이 껄껄 웃었다.

"자네가 안 건방진 적이 있었나?"

"네? 제가 건방진 적이 있었나요?"

"항상 건방지지."

"앞으로는 조선 시대 왕 모시듯 예의를 차리겠습니다."

주차장에는 김민호 전 대통령이 기다리고 있었다.

김민호가 강진식을 크게 반겼다.

"아이고~ 진식이 형님! 먼 길 오느라 고생하셨습니다, 하하하."

진우는 강진식의 뒤에서 김민호를 바라봤다.

김민호는 퇴임 후, 고향인 충청도에 내려와 조용히 살고 있었다.

하지만 그건 사람들이 알고 있는 겉모습일 뿐이다.

김민호는 지금도 정치권에 막강한 권력을 휘두르고 있다.

그럴 수 있는 이유는 김민호가 대통령이 된 이후에도 자신이 만든 잠원동 계파의 정치인을 살뜰히 아꼈기 때문이다.

그렇게 아꼈던 정치인들이 지금 거물이 되어 김민호에게 힘을 실어 주고 있다.

그리고 조학주가 자주 만나는 정치인들이 바로 그 잠원동 계파였다.

강진식이 김민호에게 진우를 소개했다.

"소개할 사람이 있어요. 내가 요즘에 가르치고 있는 이진오라고 해요."

진우가 이름을 숨기고 싶다고 말했더니, 강진식은 이진오라고 소개하고 있었다.

뭐, 상관은 없다.

어차피 김민호는 진우의 이름 따위는 기억도 안 할 거다.

진우와 강진식은 김민호의 안내를 받아 사저로 들어갔다.

김민호의 사저 내부는 겉과 달랐다.

사저의 외관은 검소해 보였지만, 내부는 호화스러웠다.

특히 곳곳에 놓인 그림은 이곳이 미술관처럼 느껴질 정도였다.

복도부터 거실까지, 그림이 없는 곳이 없었다.

진우가 그림을 감상하며 천천히 걸었다.

그러다가 사과를 손에 든 여인의 그림 앞에서 멈췄다.

그 그림을 빤히 보고 있자, 김민호가 슬쩍 웃으며 물었다.

"젊은 사람이 그림에 관심이 있나 봐? 우리나라에는 알려져 있지 않지만, 네덜란드의 딜런이라는 화가가 그린 그림이야."

진우가 그림에서 시선을 떼고 천천히 김민호를 바라봤다.

그리고 정말 민망하고 미안한 표정과 함께 입을 열었다.

"대통령님, 이런 말씀 드려서 정말 죄송합니다."

김민호가 고개를 갸웃거렸다.

죄송할 일이 뭐 있냐는 눈빛이었다.

진우가 한숨을 내뱉으며 계속 말했다.

"말씀을 드려야 할까 말아야 할까 고민을 하다가……."

강진식이 답답한 표정으로 진우의 어깨를 툭 쳤다.

"이 사람아, 그냥 말해. 무슨 말을 하려고 그러는 게야?"

진우가 다시 그림을 바라봤다.

그리고 용기를 내어 입을 열었다.

"다른 그림은 진품인 것 같은데, 이 그림은 가품입니다. 확실합니다."

진우가 조학주를 통해 김민호에게 줬던 것이기 때문에 100% 확신할 수 있었다.

이 그림은 가짜다.

진우가 이것을 밝힌 이유는 단순히 조학주에게 망신을 주기 위한 것만이 아니었다.

진우는 진백과 김민호 사이에 존재하는 신뢰에 작은 균열을 내는 중이었다.

그리고 통했다.

김민호 전 대통령의 얼굴이 어색할 정도로 굳어진 거다.

김민호가 기분 나쁘다는 듯 입을 열었다.

"……가짜라니, 그게 무슨 말이지? 미술계의 명망 있는 인사들도 그런 말을 하진 않았어."

진우의 시선이 다시 그림으로 향했다.

'당연히 몰랐겠지.'

진짜 같은 가짜.

시간을 들여 정확히 감정하지 않으면, 진짜라고 착각했을 게 분명하다.

게다가 김민호는 전 대통령이다.

그런 사람이 가짜를 전시해 뒀을 거라 생각하는 이는 없었을 거다.

하지만 이 그림의 진품은 백동하의 창고에 있다.

'내가 김민호에게 가짜를 선물한 이유는…….'

백동하는 그림이나 도자기를 정치인에게 선물하는 경우가 있었다.

당연하지만 순수한 의미의 선물은 아니었다.

정치인은 선물을 곧바로 진백이 준비한 경매에 보내고 진백은 높은 가격에 그것을 낙찰받는다.

　　정치인이 선물받은 것을 경매에 팔아 돈을 얻는 것.

　　법의 사각지대를 파고든 뇌물 거래 방식 중 하나였다.

　　그래서 진우는 그런 선물을 줄 때, 진품을 주지 않았다.

　　어차피 경매에 넘겨질 것인데, 굳이 진품을 꺼낼 필요가 없다고 생각해서다.

　　경매에 올랐다가 흠집이라도 나면, 그건 그거대로 엄청난 손해이기 때문이다.

　　그리고 그 사실은 조학주도 모르고 있었다.

　　굳이 얘기할 필요가 없어서다.

　　어쨌든, 김민호 전 대통령에게 선물한 이 그림도 마찬가지였다.

　　당연히 돌아올 거라 생각해서 가품을 보냈는데, 김민호는 이 그림을 자기 집에 걸어 버렸다.

　　나중에 알았지만, 김민호는 그림과 도자기에 관심이 많은 사람이었다.

　　"그게 왜 가품이라는 거지?"

　　김민호가 진우를 향해 다가오며 물었다.

　　그런 김민호의 입가에는 분명 부드러운 미소가 걸려 있었다.

　　하지만 저 미소는 거짓, 김민호는 지금 언짢은 기분을 숨기고 있다.

진우의 대답이 들려오지 않자 김민호가 다시 물었다.

"편히 말해 봐. 어떤 부분을 보고 가품이라 생각했는지, 듣고 싶어."

진우가 한숨을 내뱉으며 한껏 죄송한 표정을 지었다.

"잘 만들어진 가품이라 콕 집어 말씀드리기는 어렵습니다."

"설명할 수도 없는 것을 진실인 것처럼 얘기하고 있었던 건가?"

김민호의 표정이 천천히 굳어지기 시작했다.

하지만 진우는 물러서지 않고 따박따박 입을 열었다.

"죄송합니다. 그런데, 이 그림은 가품입니다."

"……!"

"하나 여쭤보고 싶습니다. 혹시, 이 그림에 대해 감정받아 보신 적이 있습니까?"

김민호가 헛웃음을 터뜨렸다.

"자네, 이 그림을 선물한 사람이 누구인지 알고 있나? 감정 따위는 받을 필요가 없어."

"누가 이 그림을 선물했는지는 모르지만, 그 사람은 대통령님에 대한 존중이 없었을 겁니다."

"……존중이 없었다?"

"그게 아니라면, 가품을 선물하지 않았겠죠."

급기야 진우의 말과 행동은 선을 넘었다.

김민호의 눈빛이 싸늘해진 것은 당연했다.

하지만 진우는 이번에도 물러서지 않았다.

오히려 김민호를 향해 한발 다가서며 말을 이었다.

"대통령님, 그림을 내리시는 게 옳다고 생각합니다."

그사이 진우와 김민호를 지켜보던 강진식이 눈을 가늘게 떴다.

강진식의 머릿속에는 진우가 했던 말이 스치고 있었다.

"미리 말씀드릴게요. 죄송하지만, 한 번은 건방지게 행동할 겁니다."

강진식의 시선이 진우에게 틀어졌다.

'건방지게 행동한다던 게 이것이었나?'

진우는 의미 없는 행동을 하지 않는다.

지금 저 그림으로 트집을 잡는 것도 분명한 이유가 있을 거다.

그렇게 생각할 때였다.

김민호의 목소리가 싸늘하게 울렸다.

"자네, 그 말에 책임질 수 있겠나?"

동시에 강진식이 나섰다.

"대통령님, 감정 한번 받아 보는 게 어때요?"

김민호의 시선이 강진식에게 틀어졌다.

강진식이 계속해서 말했다.

"저 친구가 나름 미술에 조예가 깊어요. 감정 비용은 제가 내겠습니다. 원하신다면, 당장 받아 보시죠. 대통령님의 사저에 가짜가 섞여 있으면 안 되잖습니까?"

"……!"

"혹시나 하는 겁니다. 혹시나."

김민호가 '꿍' 화를 참으며 고개를 끄덕였다.

"형님께서 그렇게까지 말씀하신다면, 좋습니다. 감정 한 번 받아 보죠."

강진식이 감정사를 불렀다.

그리고 저녁 6시가 조금 넘어갈 때, 감정사가 대통령의 사저로 찾아왔다.

감정사는 보안에 대한 서약을 작성한 후, 그림에 대한 감정을 시작했다.

무서울 정도의 적막함으로 가득 찬 공간에는 감정사가 움직이는 소리만이 흐르고 있었다.

감정사를 지켜보던 강진식이 진우를 향해 속삭이듯 물었다.

"그런데, 네놈이 그림에 대한 소양이 있었나?"

"좋아는 하죠."

"단지 그뿐인가?"

"네."

"그럼, 저 그림의 어딜 보고 가짜라고 확신하는 게야?"

"무조건 가짜입니다."

진우의 확신에 찬 대답에 강진식이 끌끌 웃으며 말했다.

"그래, 가짜여야 할 거야. 김민호 저 친구 얼굴을 봐. 화가 많이 나 있어."

진우가 힐끗 김민호를 바라봤다.

강진식의 말대로였다.

김민호는 싸늘한 눈빛으로 감정 결과를 기다리고 있었다.

강진식의 목소리가 계속됐다.

"만약 진짜라는 판정이 나온다면, 각오해야 할 거야. 자네 때문에 시간을 뺏겼다고 화를 낼 게 분명해. 저 인간의 성격이 고약하거든. 저 친구 힘이라면, 자네 경찰에서의 출셋길을 막아 버릴 수도 있어."

"괜찮습니다. 가짜니까요."

그 말과 동시에 강진식의 입가에 장난기로 가득한 미소가 걸렸다.

"그런데, 가짜도 진짜라고 판정 나는 경우가 있다는 거 알고 있나?"

강진식은 뭐가 재밌는지 혼자 피식피식 웃으며 계속해서 중얼거렸다.

"가짜가 진짜가 되는 세상이야."

진우가 강진식을 보며 인상을 꽉 썼다.

'이 노인네가 진짜⋯⋯.'

지금껏 진우는 담담했었다.

백동하 시절에 직접 건넨 것이기 때문이다.

하지만 강진식의 말을 듣고 보니 살짝 걱정되기 시작했다.

언젠가 전문가들이 나와 진품과 가품을 구별하는 방송을 본 적이 있었다.

그런데 그 결과는 충격이었다.

전문가란 인간들이 가품을 진짜라고 지정했던 거다.

그러니까, 이번에도 가짜를 진품으로 판별할 수 있다.

진우가 마른 입술을 핥았다.

'설마, 돌팔이는 아니겠지?'

그렇게 긴장되는 시간 끝에 감정을 마친 감별사가 김민호의 앞에 섰다.

모두의 시선이 감정사에게 집중됐다.

그리고 감정사가 천천히 입을 열었다.

"대통령님, 저 그림은 가품입니다."

"가품이라고요?"

"네, 엑스레이 같은 장비를 사용하지 않았지만, 가품이라고 확실히 말씀드릴 수 있습니다."

감정사는 저 그림이 왜 가짜인지 계속해서 설명했다.

그리고 순간이었지만 김민호의 눈동자가 흔들렸다.

하지만 그것은 잠시였다.

김민호는 아무렇지 않다는 듯 느긋하게 입을 열었다.

"알았어요. 여기까지 오느라 고생이 많았어요. 하하하."

김민호는 이번에도 웃고 있었다.

하지만 진우는 봤다.

김민호의 주먹은 창피함으로 꽉 쥐어 있었다.

그리고 진우와 강진식이 떠난 뒤였다.

김민호가 소파에 앉아 그 그림을 바라보고 있었다.

김민호가 껄껄 웃으며 고개를 저었다.

"가품이라?"

김민호가 손가락으로 그림을 가리켰다.

그러자 비서가 그림을 들고 김민호의 앞에 섰다.

"버려."

한 마디였다.

비서는 고개를 끄덕인 후, 그림을 가지고 밖으로 나갔다.

김민호가 느릿하게 휴대폰을 꺼내 귀에 댔다.

전화가 가는 곳은 조학주였다.

-네, 대통령님.

"조학주 실장, 오랜만이에요."

그 시각, 조학주의 사무실.

조학주는 김민호의 전화를 받고 있었다.

-미술에 조예 있는 사람이 하도 이상하다고 해서 감정을

받아 봤는데, 그 그림이 가짜였어요.

진우는 조학주가 당황할 거라고 예상했었다.

하지만 조학주의 반응은 진우의 예상과 달랐다.

전혀 당황하지 않았다.

조용히 헛웃음을 지을 뿐이었다.

"죄송합니다. 착오가 있었나 봅니다."

—아니에요. 사람이 일하다 보면, 실수도 하고 그럴 수도 있죠.

김민호는 분명 '실수'라고 말했다. 그것은 다른 그림 등 뇌물을 보내서 실수를 되돌리라는 뜻이다.

—내가 이런 얘기 하는 것은 가짜라서 기분 나쁘다는 게 아니라, 앞으로는……

그런데, 김민호의 목소리가 이어질수록 조학주의 입가에 걸린 차가운 미소가 짙어졌다.

그리고 통화가 종료됐을 때였다.

건조한 표정으로 휴대폰을 내려 둔 조학주가 어이없다는 듯 웃으며 중얼거렸다.

"뒷방늙은이 따위가 아직도 내 위에 있다고 생각해?"

조학주를 당황하게 만든다는 계획은 실패했다.

하지만 김민호와의 사이에 균열을 낸다는 계획은 완벽히 성공하고 있었다.

한편, 진우는 서울로 돌아와 송파구에서 오명훈을 만나고 있었다.

언제나 만나는 그 족발집이었다.

오명훈이 손뼉을 짝 치며 즐거워하고 있었다.

"선물로 준 그림이 가짜였다고?! 조학주 그거 쪽팔려 하는 모습 직접 보고 싶었는데, 아쉽네. 아쉬워~."

물론 조학주는 쪽팔려 하지 않았다.

김민호의 전화를 받던 조학주의 눈빛은 그저 건조했다.

하지만 그걸 모르는 오명훈은 한참을 웃었다.

그리고 오명훈이 계속해서 말을 이었다.

"그러니까, 조학주와 김민호의 신뢰가 깨질 수도 있다는 거지?"

"네."

진백을 향한 복수의 계획이 차근차근 준비되는 중이다.

오명훈은 그 복수의 과정에 힘을 보태고 싶었다.

오명훈이 술잔을 손에 쥐며 입을 열었다.

"정원규 채용했다."

정원규는 며칠 전 납치를 당했던 딸의 아빠였다.

오명훈은 정원규의 기술을 통해 회사를 만들었다.

"회사는 너하고 내 이름의 이니셜을 따서 JM AI라고 했어.

괜찮지?"

"JM이요?"

"왜? 마음에 안 들어?"

"아뇨. 고생하셨어요. 그리고 하나 더 알아봐 주실 수 있을까요? 찾고 싶은 사람이 있어요."

"누군데?"

"소버 AI의 전 대표요."

오명훈이 고개를 갸웃거렸다.

"박광준? 걔는 이미 감옥에 갔잖아?"

"걔 말고요."

이제야 오명훈이 이해했다.

"아~ 소버 AI의 기술을 갖고 있던 사람?!"

"네."

소버 AI가 처음 시작될 때, 박광준 외에 또 한 명의 대표가 있었다.

그 사람은 연구를 담당했었지만, 회사가 성장하며 박광준의 탐욕에 쫓겨나고 말았다.

"그 사람까지 지금 만든 회사에 합류한다면, JM AI는 더 빠르게 목표에 도달할 수 있을 거라고 생각하는데요."

"오케이~ 빠르게 찾아내서 파격적인 제안으로 고용할게. 그런 인재는 내버려 두면 안 되지."

진우가 빙긋이 미소를 그리며 술잔을 손에 들었다.

이제 회사가 성장하기만을 기다리면 된다.

그때가 되면, 진우는 수천억의 돈을 손에 쥐게 될 거다.

"드시죠."

이제 할 얘기는 끝났다.

가볍게 술이나 마시며 농담이나 따먹으면 된다.

"서안시로 외국인 범죄단체가 몰리고 있다는 첩보가 있어."

며칠 후, 파출소였다.

오성민 팀장이 팀원들을 모아 놓고 전달 사항을 얘기하고 있었다.

한 경찰이 고개를 갸웃거렸다.

"또 외국인 범죄조직이요?"

"어."

"정말 이상하네…… 우리 쪽에 빼먹을 게 뭐 있다고 계속 몰리는 거죠?"

"글쎄, 공단이 있으니까 평범한 외국인 근로자로 위장할 수 있다고 생각하는 거 아닐까?"

오성민 팀장이 다시 모두를 바라보며 계속 말했다.

"현재까지 파악된 정보는 여기까지. 다들 알겠지만 외국인 범죄단체가 활동한다면, 유력한 장소는 유흥가나 우리 관

할인 곡언동이 될 거야. 순찰 나갈 때 반드시 방검복을 착용
하도록 해."

잠시 후, 진우는 김재혁 경사와 함께 순찰을 나갔다.
김재혁 경사가 진우를 보며 말했다.
"방검복 하나 사라."
물론 각 순찰차마다 보급된 방검복이 있다.
하지만 긴급 상황이 되고 모두가 출동할 상황이 생기면,
방검복은 턱없이 부족해진다.
최악의 상황이 펼쳐지면 누군가는 칼에 찔릴 수도 있다는
거다.
김재혁 경사가 말을 이었다.
"돈 부족하면 말해. 빌려줄 테니까."
진우가 신기한 눈으로 김재혁 경사를 바라봤다.
"돈까지 빌려준다니, 왜 갑자기 다정한 척을 하고 계시죠?"
"넌 앞에 새끼가 칼을 들고 있든 말든 앞뒤 안 따지고 돌
격하잖아."
"앞뒤를 따지기는 하는데요."
김재혁 경사는 모르겠지만, 진우는 상대를 봐 가면서 싸우
고 있었다.

지금까지 상대했던 놈들 중에 진짜 칼잡이가 있었다면, 그런 식으로 싸우지 않았을 거다.

　김재혁 경사가 손을 저으며 말을 이었다.

　"됐고. 그러다가 너 뒈지면, 내가 너희 어머니한테 뭔 말을 할 수 있겠냐? 방검복 살 때 돈이라도 보태야 할 말이 있지."

　말이 씨가 된다고 하던데, 김재혁 경사는 진우의 인생이 끝장나는 말을 서슴없이 하고 있었다.

　그렇게 순찰을 돌고 있을 때, 오명훈에게 전화가 걸려 왔다.

　진우는 잠깐 화장실을 다녀온다고 말한 후, 순찰차에서 내려 휴대폰을 귀에 댔다.

　"네, 말씀하세요."

　―내가 지금 흥신소에 와서 황강식이랑 소주 한잔하고 있거든?

　이 인간들이 대낮부터 술을 마시고 있나 보다.

　"지금 근무 중이라 못 갑니다."

　―오라는 게 아니라, 이상한 얘기를 들었어.

　"뭔데요?"

　―진백 금융이 서안시에서 자금세탁을 한다는 소문이 있대.

　"……네?!"

　―팩트 체크는 해 봐야 하고, 일단 내가 알고 있는 것은 여기까지야.

　통화가 종료됐다.

진우가 휴대폰을 품에 넣으며 고개를 갸웃거렸다.

"자금세탁?"

돈을 쉽게 쓰기 위해 자금세탁을 하는 것까지는 이해한다.

그런데, 서안시에서 그 짓을 한다는 게 이해되지 않았다.

그리고 진우는 오늘 아침에 외국인 범죄조직이 서안시로 향한다는 말을 들었다.

"진백 금융과 외국인 범죄조직?"

두 사건은 분명 별개의 사건들이다.

그런데 같은 시기에 벌어지니 묘하게 얽히는 느낌이 들었다.

뭔가 고약한 냄새가 나는 것 같다.

그날 밤.

진우는 서안시의 유흥가, 그 구석의 골목에 서 있었다.

양아치 손봉식을 기다리는 중이었다.

외국인 범죄조직이 들어온다면, 가장 빨리 냄새를 맡을 놈들이 바로 양아치들이기 때문이다.

"아이고~ 형님!"

멀리서 손봉식이 손을 흔들며 다가왔다.

진우가 편의점에서 사 온 담배를 손봉식에게 건넸다.

손봉식이 담배를 받으며 멋쩍게 웃었다.

"뭘 또 이런 걸…… 흐흐."

"요즘 뭐 없어?"

"네?"

"범죄 같은 거."

손봉식이 뺨을 긁적였다.

"형님이 박살 내면서, 남아 있는 깡패 조직도 요즘은 조용하고……."

서안시에는 몇 개의 폭력조직이 득세하고 있었다.

하지만 진우가 활약하며 남은 조직들이 조용해졌다.

일단 경찰의 눈치를 보는 거다.

하지만 진우가 궁금한 것은 그런 정보가 아니었다.

"말고. 외국인에 대한 것은 없어? 외국인 범죄조직이 이쪽으로 넘어온다는 얘기를 들었거든."

손봉식이 고개를 갸웃거렸다.

"처음 듣는 얘기예요."

"처음이라고?"

"네. 걔들이 들어오면, 성매매업소부터 도박판까지 쫙 깔잖아요. 그러면서, 우리 같은 애들을 채용하고요. 그런데 그런 채용 공고가 전혀 없었어요."

"그래?"

"그리고 그런 애들이 들어왔으면, 제가 먼저 형님한테 전화했겠죠."

진우가 손봉식을 빤히 바라봤다.

정말 모르는 눈치다.

진우가 손봉식의 어깨를 툭툭 쳤다.

"알았다. 혹시나 그쪽과 관련된 일이 있으면 전화 줘."

"네."

그런데, 진우가 손봉식의 옆을 스칠 때였다.

"형님?"

손봉식의 목소리가 진우의 발걸음을 멈춰 세웠다.

"왜?"

"혹시, 이런 것도 도움이 될까요?"

"뭔데?"

"유흥가를 찾는 손님 중에 외국인이 많아졌어요."

"원래 많았잖아?"

서안시에는 공단이 있고 외국인 근로자가 많다.

그래서 유흥가 손님 중에 외국인 비율이 높은 것은 이상한 일이 아니었다.

"아뇨. 그런 게 아니라 평소에도 많았는데, 최근에 눈에 띄게 많아졌다고요."

"⋯⋯?!"

"요즘에는 제가 저쪽 BB룸살롱에서 웨이터 일을 하고 있거든요?"

손봉식은 진우에게 월급을 받고 있다.

그래서 굳이 룸살롱 웨이터로 일하지 않아도 되지만, 정보통의 역할을 확실히 하기 위해 일을 하는 거다.

손봉식이 계속 말했다.

"요즘 찾아오는 외국 애들이 돈이 많아요. 여자애들한테 팁을 팍팍 줘요. 그냥 팍팍 주는 게 아니라 진짜 많이 준다니까요."

"많이 준다고?"

"걔들 방에 들어갔다 나오면, 여자애들 손에 5만 원짜리가 수북해요. 여기가 강남도 아닌데 그렇게 돈 주는 건 이상한 거 아니에요?"

확실히 이상하다.

외국인 근로자들은 고향에 돈을 보낸다.

그래서 돈을 아껴 쓴다.

"그런데, 술집에서 팁까지 팍팍 준다고?"

"네."

그것은 평범한 외국인 근로자가 아니란 뜻이다.

진우가 천천히 고개를 끄덕였다.

"걔들 술 마시다가 이상한 얘기 하면, 좀 알려 줘."

"옙!"

그렇게 진우는 손봉식과 헤어졌다.

집으로 향하며 버스 안에서 진우는 깊은 생각에 빠졌다.

-서안시에 외국인 범죄조직이 들어온다.

-진백 금융이 서안시에서 돈세탁을 한다.

-거금을 쓰는 외국인이 많아졌다.

지금 나온 단서의 조각은 모두 제각각이다.

하나의 이야기로 맞춰질 수 없다.

하지만 진우는 이 모든 게 진백 금융에서 시작된 일인 것처럼 느껴지고 있었다.

'조금 더 확인해야겠어.'

하지만 확인할 시간이 없었다.

다음 날 저녁, 근무시간이 끝나고 옷을 갈아입을 때였다.

김재혁 경사가 한숨을 푹 내뱉으며 중얼거렸다.

"꼭 가야 하나?"

그런데, 진우도 마찬가지였다.

"그러게요. 안 가면 안 되나요?"

진우와 김재혁 경사가 한숨을 푹푹 내뱉는 이유는 납치 사건 때 만들어졌던 TF팀의 회식이 잡혔기 때문이다.

처음에는 온갖 핑계를 대며 안 가려고 했는데, 경찰서장이 직접 잡은 회식이라는 말에 포기했다.

경사와 경장 따위가 경찰서장의 호출을 거부할 수는 없었다.

진우는 구석에 처박혀 고기나 먹다가 집에 가야겠다고 생각하며 회식 장소로 향했다.

장소는 오십 명이 한 번에 앉을 수 있는 고깃집이었다.

그런데, 경찰서장과 TF팀만 있는 게 아니었다.

경찰서의 간부들과 몇몇 다른 팀도 보였다.

그러거나 말거나 진우는 눈에 띄지 않는 구석에 앉아 고기를 굽기 시작했다.

술자리가 와자지껄 시작되었지만, 진우는 진짜 고기만 먹었다.

오늘은 술을 마실 생각이 없었다.

집에 가서도 해야 할 일이 있어서다.

그것은 바로 진백 금융에 대한 거다.

오명훈이 말한 대로 진백 금융이 서안시에서 돈세탁을 하고 있고 그것이 외국인 범죄조직과 관련되어 있다면, 이것은 백철영을 박살 낼 수 있는 기회였다.

이런 기회를 그냥 넘기고 싶지 않았다.

하지만 다른 경찰들은 진우의 생각과 달랐다.

술을 못 먹고 죽은 귀신이 달라붙어 있는 것처럼 술을 마셨다.

맥주와 소주를 섞고 막걸리에 사이다를 타서 물처럼 마셔댔다.

저러고도 내일 아침에 멀쩡하면, 그건 인간이 아니다.

그렇게 딱 20분이 지나자, 정상적인 사람이 보이지 않았다.

이곳에 오기 싫어했던 김재혁 경사도 이미 만취 상태였다.

그리고 진우의 옆으로 여청계 성무택 경사가 앉았다.

"진우, 한잔해야지?"

"아~ 제가 오늘은 술을 마시기 어려워서요."

"왜?"

"약을 먹는 중이라……."

"아, 그래?"

그러면서 성무택 경사가 한쪽을 힐끗 바라봤다.

그곳에는 강력4팀 뺀질이와 윤혜림이 보였다.

뺀질이는 윤혜림의 옆에 딱 달라붙어 있었다.

성무택 경사는 그게 마음에 안 들었나 보다.

"저 봐라, 저 새끼 저거……."

"누구요? 강력4팀 저 뺀질이요?"

"뺀질이?"

"네, 저는 그렇게 불러요."

성무택 경사가 배를 잡고 웃었다.

웃긴 얘기도 아닌데, 술을 마셔서 그런지 웃겼나 보다.

"딱 어울리네, 뺀질이! 푸핫핫핫!"

그렇게 한참을 웃던 성무택 경사가 호흡을 가다듬으며 다시 뺀질이와 윤혜림을 바라봤다.

"저 뺀질이란 놈이 우리 팀장한테 마음이 있거든."

성무택 경사의 팀장은 윤혜림이다.

성무택 경사가 계속 말했다.

"뺀질이가 우리 팀장보다 경찰대 1년 선배인데, 겁나게 찝쩍대고 있어."

"젊은 청춘인데, 눈 맞고 그럴 수도 있죠."

"에헤이~ 청춘이라니, 노인네처럼 말하고 있네?"

"하하."

진우가 어색하게 웃었고 성무택 경사의 목소리가 이어졌다.

"저 뺀질이 새끼, 얼굴을 봐. 뺀질뺀질 꼴값하게 생겼지?"

뺀질이가 잘생기기는 했다.

요샛말로 꽃미남, 뭐 그렇게 불리는 외모다.

물론 진우에게 저런 외모는 별로였다.

남자는 주윤발이다.

어쨌든, 성무택 경사는 술을 마시며 한참을 뺀질이에 대해 떠들었다.

"성격 좋은 척하고 다니는데, 아니야. 이 여자 저 여자 건들고 다니는 바람둥이야."

진우가 고기를 먹으며 힐긋 윤혜림을 바라봤다.

뺀질이가 어떤 여자를 만나고 다니는지는 모르겠지만, 윤혜림한테는 안 통할 것 같다.

윤혜림은 뺀질이에게 예의를 갖추면서도 분명한 선을 긋고 있었다.

그러니까, 오히려 뺀질이가 걱정되기 시작했다.

윤혜림은 건장한 범죄자의 발목과 무릎을 비틀어 버린 실력자다.

뺀질이가 계속해서 들이대다가 윤혜림이 화가 나면, 그 목숨은 보장할 수 없다.

그때, TF팀의 팀장을 맡았던 김일호 경정이 회식 자리에 나타났다.

김일호 경정은 경기 북부 경찰청에 소속되어 있지만, 시간을 내서 참여했다고 한다.

그렇게 다시 광란의 회식이 시작될 거라고 생각했는데.

"이진우! 윤혜림!"

경찰서장이 진우와 윤혜림의 이름을 불렀다.

"이리 와 봐!"

그 말에 윤혜림이 몸을 일으켰다.

뺀질이가 아쉬운 표정을 지었다가 윤혜림과 나란히 앉는 진우를 보고 눈살을 찌푸렸다.

뺀질이는 요즘따라 진우가 더 마음에 안 들었다.

윤혜림과 이런 식으로 엮이는 것도 싫었고, 자신보다 더 빠르게 성과를 내는 것도 기분 나빴다.

그런데 이제는 경찰서장이 직접 진우를 부르고 있다.

그걸 지켜보고 있자니 알 수 없는 짜증이 치솟고 있었다.

그때였다.

뺀질이의 휴대폰이 진동했다.

뺀질이가 품에서 휴대폰을 꺼내 발신번호를 확인했다.

순간, 뺀질이의 얼굴이 싸늘하게 굳었다.

그리고 주변의 눈치를 보며 전화를 받기 위해 가게 밖으로 나갔다.

그사이 진우와 윤혜림은 경찰서장의 앞에 앉아 있었다.

서장이 진우와 윤혜림의 잔에 술을 따르며 입을 열었다.

"두 사람이 범인을 잡고 아이를 구출하는 데 결정적 역할을 했다는 것을 잘 알고 있어. 하루라도 빨리 칭찬해 주고 싶었는데 바빠서 이제야 얘기를 꺼낸 것, 미안하게 생각해."

진우와 윤혜림이 동시에 입을 열었다.

"괜찮습니다."

서장이 진우와 윤혜림을 보며 부드럽게 미소를 그렸다.

"윤혜림 경위는 앞으로도 계속해서 열심히 하고."

"네."

"이진우 경장은 지금처럼만 해."

"네."

그렇게 경찰서장의 말이 끝나고 진우는 다시 제자리로 돌아왔다.

어느새 진우의 옆자리에 앉아 있던 김재혁 경사가 낄낄 웃었다.

"와~ 서장님 술을 받았어. 출세했네, 출세했어."

김재혁 경사는 그 짧은 시간에 더 취해 있었다.

완전히 풀린 눈으로 크게 웃으면서 진우의 등을 팍, 팍 때리는데, 고통스러울 정도로 아팠다.

그런데 이번에는 성무택 경사가 슬픈 표정으로 고개를 저었다.

"내가 주는 술은 안 마시더니, 서장님이 주는 술은 원샷을 하네. 이게 계급이야. 계급사회라고!"

진우가 한숨을 내쉬며 잔을 쑥 내밀었다.

"주세요. 마시겠습니다."

"정말?! 아이고~ 영광입니다. 영광! 이진우 경장님께 술을 따를 수 있게 됐네요!"

성무택 경사가 활짝 웃으며 진우의 잔에 술을 채웠다.

그렇게 술을 마시고 잔을 내려놓을 때였다.

누군가 진우의 어깨를 툭 쳤다.

시선을 틀어 보니 김일호 경정이었다.

"이진우 경장, 잠깐 바람 좀 쐬죠?"

"아, 네."

진우가 김일호 경정을 쫓아 밖으로 나갔다.

가게 앞에 선 김일호 경정이 담배를 입에 물었다.

그리고 슬쩍 진우를 보며 입을 열었다.

"파출소에서 경찰서로 넘어갈 생각은 없어요?"

"네?"

"형사 같은 거 하면서 경력 쌓을 생각 없냐고요. 내가 보기에 이진우 경장한테는 그쪽이 더 어울릴 것 같은데요."

"아뇨, 없습니다."

강력팀 등 수사를 하는 팀에 들어가게 되면, 그때부터 고생 시작이다.

퇴근도 못 하고 계속해서 사건에 매달려야 한다.

결정적으로 진우에게는 복수를 준비하는 시간이 필요했다.

그래서 퇴근 후, 그나마 자유로울 수 있는 파출소가 좋았다.

그런데, 김일호 경정은 진우의 말을 다른 뜻으로 해석한 것 같았다.

"하긴, 파출소에 있으면서도 그 많은 사건을 해결하고 있으니까 굳이 다른 생각이 안 들 수도 있겠네요."

김일호 경정은 서안시를 떠난 뒤, 진우가 지금까지 뭘 했는지에 대해 알아봤다.

그리고 경찰서장이 왜 진우를 TF팀에 합류시키려 했는지 이해할 수 있었다.

김일호 경정이 담배 연기를 길게 내뱉으며 입을 열었다.

"경찰청 강력범죄 수사대에 파견 한번 오시겠어요?"

"네?"

"정식으로 근무하려면 수사 부서에서 3년 이상 굴러야 하는데, 파견 정도는 내가 어떻게 힘써 볼 수 있거든요. 서장님도 그 정도는 허락해 주실 것 같고요."

김일호 경정이 담배를 재떨이에 던지며 진우를 바라봤다.

"강요하는 거 아니니까, 한번 생각해 보세요."

김일호 경정이 그 말을 남긴 뒤, 진우를 스쳐 가게 안으로 들어갔다.

하지만 진우는 그 자리에 서 있었다.

김일호 경정의 제안은 강요가 아니라 기회다.

강력범죄 수사대는 광역 수사대의 개편된 이름.

관할구역의 개념이 없고 주로 대형 사건을 수사하기 때문에 빠른 승진의 기회가 될 수 있다.

비록 파견이라 해도 경기 북부 경찰청장과 직면할 수도 있다는 거다.

하지만 진우는 쉽게 결정할 수 없었다.

아무리 파견이라 해도 수사 과정에서 많은 시간을 빼앗길 게 분명하기 때문이다.

그렇게 고민하고 있을 때였다.

옆 골목에서 뺀질이가 나오고 있었다.

그런데, 진우와 눈을 마주친 뺀질이가 이상할 정도로 어색하게 행동했다.

"이, 이진우 경장? 저는 집에서 전화가 와서요. 전화 좀 받느라, 나왔네요."

"……?"

"이진우 경장은 바람 쐬러 나왔나 봐요? 저는 먼저 들어갑니다."

평소답지 않은 말을 쏟아 낸 후 들어가는 뻰질이를 보며
진우는 고개를 갸웃거렸다.

그때였다.

진우의 머릿속에서 능력이 펼쳐지기 시작했다.

능력 속에서 보이는 장면은 흑백.

과거를 보여 주고 있었다.

그곳에 보인 것은 뻰질이였다.

뻰질이가 골목의 구석에서 누군가와 통화하고 있었던 거다.

"그만 좀 전화해요. 이러다가 정신병 걸리겠어요."

그러나 뻰질이의 표정은 말과 달랐다.

말투는 짜증이 가득했지만, 표정은 웃고 있었다.

뻰질이가 계속 말했다.

"공단까지 단속 나갈 일 없고요. 나간다 해도 미리 연락 준다
고 했잖아요? 그러게 겁도 많으신 양반이 왜 불법적인 일에 손
대고 있어요? 돈이 없으면 성실하게 일을 했어야지……."

상대방에서 뭐라 뭐라 하는지, 뻰질이는 조용히 상대의 말을
듣고 있었다.

그러다가 뻰질이가 히죽 웃으며 말했다.

"됐고요. 이제 1억은 약하네요. 얼마 안 남았다면서요? 그럼,
나도 좀 뽑아먹어야 할 거 아니에요? 그러니까, 2억으로 올려요."

빽질이의 재수 없는 미소를 끝으로 진우의 눈에는 다시 현실이 보이고 있었다.

짧은 능력 속에서 알게 된 것은 거의 없었다.

잡아낸 것은 공단과 2억이라는 단어가 전부였던 거다.

하지만 빽질이가 어떤 불법적인 일에 손대고 있는 것만은 확실했다.

'무슨 짓을 하고 다니는 거야?'

진우가 시선을 틀어 고깃집 안을 바라봤다.

그곳에 빽질이가 보였다.

빽질이는 선량한 웃음을 지으며 여경들과 대화하고 있었다.

여경들 사이에서 빽질이의 호감도는 꽤 크다.

잘생긴 얼굴과 큰 키 그리고 비율 좋은 몸매.

게다가 겸손한 행동은 여자들의 마음을 훔치기에 충분했다.

진우가 다시 고깃집 안으로 들어갔다.

그리고 빽질이의 근처에 자리를 잡고 앉았다.

빽질이는 여직원들과 마주 앉아 떠들고 있었다.

한 여직원이 물었다.

"강력4팀에 있으면 깡패들도 많이 만난다고 하던데, 무섭지 않아요?"

여직원들은 강력 사건에 투입되는 경우가 흔치 않다.

게다가 이 여직원들은 수사를 하는 경찰이 아니었다.

그래서 궁금한 게 많았는지, 아니면 빽질이와 대화를 하고 싶었는지 질문을 했고 뺀질이가 희미하게 웃으며 대답했다.

"무섭죠. 그런데, 깡패보다 무서운 것은 약쟁이예요. 걔들은 눈에 뵈는 게 없거든요."

뺀질이는 약쟁이가 어떻게 싸우는지 담담하게 얘기했다.

여직원들은 그때마다 작게 감탄하며 고개를 끄덕였다.

"그런데요, 걔들이 한 번만 봐 달라고 하면서 정말 돈도 주고 그래요?"

"가끔 그런 애들도 있어요. 단속이 뜨는 것을 미리 알려 주면, 몇 억씩 준다고 하거든요."

"몇 억?"

"마약 파는 돈이 꽤 짭짤한가 봐요. 어쨌든, 받으면 안 되죠. 우리는 경찰이잖아요. 돈보다 그런 놈을 잡는 게 더 보람 있기도 하고요."

말만 들으면 범죄를 소탕하는 정의로운 경찰로 보인다.

하지만 진우는 능력을 통해 놈의 뒷모습을 봤다.

놈은 정의롭지 않다.

그저 비리 경찰 중 하나일 뿐이다.

그런 놈이 경찰의 사명감에 대해서 입에 담는 게 역겨웠다.

하지만 지금은 뺀질이에게 신경 쓸 때가 아니었다.

뺀질이의 사건은 일단 저장해 두고 진백 금융에 집중해야 했다.

며칠 후.

진우는 야간 근무를 끝내고 송파구로 이동했다.

그리고 한 커피숍에 앉아 뒷목을 꾹꾹 주물렀다.

밤새 근무를 했기에 피곤했다.

어제도 만취한 사람들과 실랑이를 하느라 정신이 없었다.

술에 취해 파출소에서 노래를 부르는 사람.

음주운전을 해 놓고 자신이 피해자라며 고래고래 소리를 지르던 인간.

진우의 멱살을 잡고 쌍욕을 내뱉던 청년.

생각하니까, 또 짜증이 났다.

그때, 오명훈이 진우의 앞에 마주 앉았다.

"오래 기다렸어?"

"아뇨. 저도 금방 왔어요. 커피는 아이스아메리카노로 주문했는데, 괜찮죠?"

"좋지. 내가 한겨울에도 아이스아메리카노를 마시는 사람이야."

오명훈이 커피를 마신 후, 잔을 내려 뒀다.

그러자 진우가 물었다.

"그래서, 팩트 체크는 해 보셨어요?"

지난번, 오명훈은 진백 금융이 자금세탁을 한다는 의혹이 있다고 말했었다.

그 장소는 서안시였고 진우는 그 의혹에 대한 팩트 체크를 부탁했다.

오늘은 그 얘기를 듣기 위해 이곳에 온 거다.

그리고 오명훈이 고개를 끄덕였다.

"해 봤는데, 뭔가 이상해."

"이상하다고요?"

"진백 금융의 돈이 서안시로 흘러가는 것은 맞는 것 같거든?"

"그런데요?"

"자금세탁이라고 보기에는 뭔가 애매해."

오명훈이 진우의 앞에 서류 하나를 내려 뒀다.

진우가 빠르게 서류를 훑었다.

"서안시에 있는 공장이네요?"

"어. 진백 금융이 거기에 대대적으로 투자하고 있어."

진백 금융이 투자하는 곳은 전기 자동차 배터리의 부속을 만드는 작은 회사였다.

"증권시장에 상장되지도 않았네요?"

"직원이 오십 명도 안 되는 작은 곳이니까."

진우가 눈을 가늘게 떴다.

앞으로 전기 자동차의 미래가치는 분명하다.

그래서 관련된 산업에 투자한다는 것은 분명 명분이 있다.

그런데, 이상하다.

진백 금융 정도 되는 곳이 이렇게 작은 회사에 투자하는 것은 말이 안 된다.

게다가 이 회사는 상장에 대한 의지도 없어 보였다.

'그런데 투자를 했다?'

생각하던 진우가 다시 오명훈을 바라봤다.

"이 회사의 자금 동향을 알아볼 수 있을까요? 어쩌면, 이 회사가 자금세탁의 시작일 수도 있잖아요?"

"네가 뭘 의심하는지는 알겠는데, 워낙 작은 회사라 쉽지 않아."

진우가 의심하는 것은 당연히 돈세탁이었다.

하지만 오명훈의 말대로 작은 회사라 확인이 어렵다.

세무조사를 통하면 자금의 움직임 정도는 파악할 수 있겠지만, 진우와 오명훈에게 그럴 힘은 없었다.

진우가 서류를 덮으며 입을 열었다.

"그럼, 제가 직접 확인해 봐야겠네요."

"네가? 어떻게?"

"정치인을 잡는 것은 수행비서고, 사장을 잡는 것은 경리라는 말이 있잖아요."

"그래서, 경리를 잡겠다?"

"잡는 게 아니라 가볍게 만나 봐야죠."

그런데, 오명훈의 눈빛에 걱정이 스몄다.

"위험하지 않을까?"

이 회사가 정말 진백 금융의 자금세탁과 관련이 있다면, 접근하는 것 자체가 위험하다.

진백 금융이 온 신경을 쏟고 있을 게 분명해서다.

까딱하다가는 백철영과 마주할 수도 있다.

"그럼, 복수의 계획이 본격적으로 시작되기도 전에 우리가 그대로 박살 날 거야. 어쩌면, 목숨이 위험할 수도 있어."

하지만 상대는 진우였다.

백철영을 잡을 수 있는 기회인데, 리스크가 있다고 멈출 수 없다.

이럴 때는 일단 직진이다.

"위험해도 해야죠."

오명훈이 한숨을 내뱉었다.

진우를 말릴 수 없다는 것을 깨달은 거다.

그럼, 발목을 잡으며 말리는 게 아니라 적극적으로 도와야 한다.

"그래, 해 보자. 내가 할 일이 뭐야?"

"흥신소 황강식 사장님한테 경리에 대한 자료를 부탁해 주세요."

일단 경리가 어떤 사람인지 알아야 한다.

그래야 접근하는 과정에서 발생하는 위험 요소를 최대한 배제할 수 있다.

오명훈이 고개를 끄덕였다.

"알았다. 연락할게."

커피도 다 마셨고 할 말도 끝났다.

이제 집으로 가서 쉬어야 할 때다.

그런데, 몸을 일으키던 진우가 멈칫거렸다.

순간, 능력 속에서 봤던 뺀질이의 전화통화가 떠오른 거다.

그때 뺀질이는 분명 공단을 언급했었다.

'잠깐만⋯⋯.'

공단에는 무수히 많은 회사가 있다.

그래서 그 회사와 지금 오명훈이 말한 회사가 같을 가능성
은 극단적으로 적다.

하지만 왠지 모를 찜찜함이 스멀스멀 기어 나오고 있었다.

그 찜찜함을 해소하려면 확인해 볼 필요가 있다.

"하나만 더 부탁할게요."

"또 뭐?"

"우리 경찰서에 뺀질이, 아니 도준헌 경위의 통화 내역을
확인해 주세요."

오명훈에게서 다시 전화가 온 것은 정확히 2주 뒤, 버스를
타고 퇴근하는 길이었다.

진동을 느낀 진우가 휴대폰을 꺼내 귀에 댔다.

-일단 도준헌 경위의 통화 내역부터 메일로 보낼게. 경리
에 대한 것은 조금 기다려.

"고생하셨어요. 바로 확인해 볼게요."

-그리고 황강식이 너 한번 보자고 하더라. 시간 되면, 넘
어오래.

"황강식 사장이요?"

-어.

홍신소의 황강식이 왜 보자고 하는지 살짝 이해가 안 됐지
만, 이유가 있을 거다.

"알겠어요."

진우는 통화를 종료한 후, 메일을 열었다.

그리고 뺀질이가 회식이 있던 날에 누구와 통화했는지 찾
아냈다.

이어서 그 번호를 휴대폰에 꾹꾹 눌렀다.

전화를 해 보기 위해서다.

하지만 진우는 통화 버튼을 누르지 않았다.

혹시라도 진우의 연락처가 놈들에게 넘어갈 수도 있기 때
문이다.

상대는 진백 금융, 돌다리를 두들기는 느낌으로 모든 위험
요소를 배제해야 한다.

그러지 않으면 오명훈이 했던 말처럼 극단적 위험에 처할
수도 있다.

그래서 진우는 그 번호 대신 양아치 손봉식에게 전화를 걸었다.

"잠깐 보자."

-옙!

진우는 버스에서 내렸다.

그리고 서안시의 유흥가로 향했다.

잠시 후, 유흥가의 골목에 도착한 진우를 손봉식이 반겼다.

"형님~."

진우가 손봉식에게 손을 뻗었다.

"휴대폰 줘 봐."

"네?"

"전화 좀 하게."

"전화요?"

손봉식이 고개를 갸웃거리며 진우에게 휴대폰을 건넸다.

진우가 뺀질이와 통화했던 상대의 번호를 꾹꾹 누르며 입을 열었다.

"이거 대포폰이지?"

"아이고~ 형님, 저 지금 성실하게 월급 받으며 사는 거 모르십니까?"

"대포폰 맞지?"

손봉식이 민망하게 웃었다.

"제가 신용이 안 좋아서 제 이름으로 휴대폰을⋯⋯."

"됐고. 네가 대포폰을 쓰든 뭐든 난 상관 안 하니까, 내 통화 끝나면 휴대폰 바꿔."

"네?"

"잘못하면 너도 위험해질 수 있거든."

손봉식이 이해 못 하겠다는 표정을 지었지만, 지금은 차분히 설명할 시간이 없었다.

일단 전화를 걸어서 어떤 놈인지 확인부터 해야 했다.

그런데.

"어?"

손봉식의 휴대폰에 놈의 연락처가 저장되어 있었다.

번호를 입력하니까, 놈의 연락처가 떠오른 거다.

개 변태 또라이

진우가 천천히 손봉식을 바라봤다.

"이 사람 알아?"

손봉식이 고개를 쑥 내밀고 연락처를 확인했다.

"개 변태 또라이요? 알죠. 우리 룸살롱 단골이요."

"⋯⋯!"

"그때 말씀드렸잖아요. 팁 많이 주는 외국인이 많아졌다고요. 이 변태 새끼가 그 외국인들이랑 자주 와요."

진우가 손봉식을 보며 빙긋이 미소 지었다.

"알아볼 수 있지?"

"네?"

"이 변태 새끼가 뭘 하는 놈인지 알아볼 수 있냐고."

"언니들한테 부탁하면 엄청 쉬운 일이죠. 예쁜 여자 앞에서 술술 말하는 게 사내새끼들 아니겠습니까?"

손봉식이 시원하게 대답하며 그 자리를 떠났다.

그리고 떠나는 손봉식의 뒷모습을 지켜보던 진우가 슬쩍 웃었다.

생각보다 빠르게 놈의 정체를 알아볼 수 있을 것 같았다.

그리고 손봉식의 연락은 빨랐다.

바로 그날 새벽이었다.

잠을 자고 있는데, 걸려 온 전화.

발신번호가 손봉식이었다.

진우가 상체만 일으켜 앉으며 시간을 확인했다.

새벽 4시, 이 시간에 전화하는 것은 미친놈이거나 뭔가 일이 생겼다는 거다.

진우가 휴대폰을 귀에 댔다.

"말해."

-그 변태 새끼가 왔다 갔거든요?!

"오늘?!"

-네.

"그래, 뭐 하는 놈이야?"

-CR이라는 이름의 배터리 회사 사장이라는데요?

잠이 확 달아났다.

CR은 진백 금융에서 투자를 하고 있는 그 회사의 이름이었다.

진우의 눈빛이 차갑게 변해 갔다.

외국인과 진백 금융 그리고 서안시에 있는 작은 공장.

널브러진 조각들이 하나로 모여 형태를 이루는 게 느껴진 거다.

다음 권으로 이어집니다

공정거래위원회

현우 지음 | 각 권 9,000원

중소기업 후려치던 인간 탈곡기
공정거래위원회 팀장이 되다!

사령왕 카르나크

임경배 지음 | 각 권 9,000원

인간답게(!) 잘 먹고 잘 살기 위한
사령왕 카르나크의 회귀 개과천선(?)기!

로또부터 장군까지

게르만 지음 | 각 권 9,000원

눈치면 눈치 실력이면 실력
재력까지 모두 갖춘 SSS급 장교가 나타났다!

야산에 묻혀 버렸더니

소수림 지음 | 각 권 9,000원

깊은 산속 옹달샘…… 샘물 마신 신석기
인생을 망친 이들에게 복수하라!

위대한 항해

이윤규 지음 | 각 권 9,000원

눈에는 눈, 이에는 이, 침탈에는 침탈!
참지 않는 조선이 온다!